歴史《れきし》と人物《じんぶつ》でたどる

# 日本《にほん》の偉大《いだい》な建造物《けんぞうぶつ》！ ドラマチックストーリー

作：金田 妙　絵：洵

1 北海道《ほっかいどう》・東北《とうほく》

# 物語に登場する建造物《けんぞうぶつ》の歴史《れきし》

札幌《さっぽろ》市時計台。

## 札幌《さっぽろ》市時計台

正式名称《めいしょう》「旧札幌《きゅうさっぽろ》農学校演武《えんぶ》場」

北海道札幌《ほっかいどうさっぽろ》市

札幌《さっぽろ》市時計台は、北海道《ほっかいどう》大学の前身である札幌《さっぽろ》農学校の演武《えんぶ》場として1878（明治《めいじ》11）年に建設《けんせつ》。1881（明《めい》治《じ》14）年に塔《とう》時計がつけられた。その後「農学校の大時計」として市民《しみん》に親しまれ、札幌《さっぽろ》農学校が移転《いてん》したころから、「時計台」と呼《よ》ばれるようになり、札幌《さっぽろ》のシンボルとして大切にされてきた。国の重要文化財《じゅうようぶんかざい》でもある時計台は、今でも正確《せいかく》な時を刻《きざ》んでいる。

# 青函《せいかん》トンネル

## 北海道上磯郡《ほっかいどうかみいそぐん》・青森《あおもり》県東津軽郡《ひがしつがるぐん》

海底《かいてい》部23.3キロメートル、陸上《りくじょう》部30.55キロメートル、全長53.85キロメートルの青函《せいかん》トンネルは、津軽海峡《つがるかいきょう》の海面下約《やく》240メートルの地中をほり、北海道《ほっかいどう》と青森《あおもり》県を結《むす》ぶ鉄道トンネルである。

1987（昭和《しょうわ》62）年に完成《かんせい》し、翌年《よくねん》には営業《えいぎょう》を開始した。青函《せいかん》トンネル内の吉岡海底《よしおかかいてい》駅と竜飛海底《たっぴかいてい》駅は世界初《はつ》となる海底《かいてい》駅であった。（現在《げんざい》は営業《えいぎょう》を終了《しゅうりょう》している）

青函《せいかん》トンネルと北海道新幹線《ほっかいどうしんかんせん》。

## 中《ちゅう》尊《そん》寺《じ》金《こん》色《じき》堂《どう》

### 岩手《いわて》県西磐井郡《にしいわいぐん》

中尊寺金色堂《ちゅうそんじこんじきどう》は、中尊寺創建当初《ちゅうそんじそうけんとうしょ》の姿《すがた》を今に伝《つた》える建造物《けんぞうぶつ》で、1124（天治《てんじ》元）年に藤原清衡《ふじわらのきよひら》によって造営《ぞうえい》。数ある中《ちゅう》尊寺《そんじ》の堂塔《どうとう》の中でも当時の技術《ぎじゅつ》の粋《すい》が結集《けっしゅう》された御堂《みどう》で、国宝《こくほう》に指定されている。戦乱《せんらん》の中、家族を失《うしな》った清衡《きよひら》が戦《たたか》いのない平和な世を願《ねが》い、極楽浄土《ごくらくじょうど》の様子を具体的に表現《ひょうげん》しようとしたといわれている。

中尊寺金色堂《ちゅうそんじこんじきどう》。

## 旧《きゅう》済《さい》生《せい》館《かん》本館

### 山形《やまがた》県山形《やまがた》市

済生館《さいせいかん》は、東北《とうほく》地方で最《もっと》もはやく西洋医学をとり入れた病院である。

西洋の建築《けんちく》に似《に》せて日本の職人《しょくにん》が建《た》てた「擬洋風建築《ぎようふうけんちく》」と呼《よ》ばれる建造物《けんぞうぶつ》で、1878（明治《めいじ》11）年に山形《やまがた》県立病院として建設《けんせつ》。国の重要文化財《じゅうようぶんかざい》に指定されている。老朽《ろうきゅう》化が進み、1967（昭和《しょうわ》42）年に移築復元《いちくふくげん》工事が行われた。1971（昭和《しょうわ》46）年に「山形《やまがた》市郷土館《きょうどかん》」と名称《めいしょう》が変《か》わり医学関係《かんけい》の資料《しりょう》などが展示《てんじ》されている。

# 小岩井農場《こいわい》

## 岩手県岩手郡《いわてけんいわてぐん》

小岩井農場《こいわい》と岩手山《いわてさん》。


1891（明治《めいじ》24）年に開設《かいせつ》された小岩井《こいわい》農場は、開設《かいせつ》当時は不毛《ふもう》な荒《あ》れ地だった。植林や施設《しせつ》の整備《せいび》などをへて現在《げんざい》にいたる。

今でも当時の建造物《けんぞうぶつ》が多く残《のこ》り、そのうち21の建造物《けんぞうぶつ》が国の重要《じゅうよう》文化財《ぶんかざい》に指定されている。

中でも、「一号サイロ」「二号サイロ」と呼《よ》ばれるサイロは、現存《げんそん》する日本最古《さいこ》のサイロといわれており、青草を食べさせることができない冬場の家畜《かちく》の飼料《しりょう》となる「サイレージ」という発酵飼料《はっこうしりょう》がつくられていた施設《しせつ》である。

復元《ふくげん》された旧済生館本館《きゅうさいせいかん》。

# もくじ

歴史《れきし》と人物《じんぶつ》でたどる

# 日本《にほん》の偉大《いだい》な建造物《けんぞうぶつ》！

ドラマチックストーリー

1 北海道《ほっかいどう》・東北《とうほく》

この本の五つのお話は、史実《しじつ》にもとづく歴史《れきし》上のことがらを基本《きほん》に、フィクションをまじえて読みやすくまとめたものです。


第一話
札幌《さっぽろ》市時計台（北海道《ほっかいどう》）
北海道《ほっかいどう》開拓《かいたく》を見つめた農学校のなごり……7

おもしろ雑学
❶時をつげる町のシンボル……31

第二話
青函《せいかん》トンネル（北海道《ほっかいどう》・青森《あおもり》県）
「念《ねん》ずれば岩をも通す」その信念《しんねん》とは……33

おもしろ雑学
❷青函《せいかん》トンネルをもっと知ろう！……53

第三話
中尊寺金色堂《ちゅうそんじこんじきどう》（岩手《いわて》県）
輝《かがや》く金色に導《みちび》かれ、平和で平等な世界を！……55

おもしろ雑学
❸四寺廻廊《しじかいろう》……78

第四話
旧済生館《きゅうさいせいかん》本館（山形《やまがた》県）
山形《やまがた》に西洋の進んだ医療《いりょう》を！……79

おもしろ雑学
❹現存《げんそん》する昔の病院建築《けんちく》……99

第五話
小岩井《こいわい》農場（岩手《いわて》県）
不毛《ふもう》の原野が美しい農場になるまで……101

おもしろ雑学
❺小岩井《こいわい》農場の歴史的《れきしてき》建造物群《けんぞうぶつぐん》……126

おもしろ雑学
❻農場に貢献《こうけん》した外国人ゆかりの建造物《けんぞうぶつ》……127

第一話

# 札幌《さっぽろ》市時計台

(北海道《ほっかいどう》)

## 北海道開拓《ほっかいどうかいたく》を見つめた農学校のなごり

北海道札幌市《ほっかいどうさっぽろ》「さっぽろ羊ヶ丘展望台《ひつじがおかてんぼうだい》」にあるクラーク博士像《はかせぞう》

# クラーク先生がきた

「ねえ、お母さん、ここって教会?」

「ちがうわよ。十字架《じゅうじか》がないでしょ。ここは札幌《さっぽろ》の時計台。」

北海道札幌《ほっかいどうさっぽろ》市に引っこしをしてきた家族が、赤い屋根の建物《たてもの》を見上げている。

「ふーん。じゃあ、町のみんなに時間を知らせてくれるところ?」

「え? うーん。そうよね?」

お母さんがふり返ったのは、お父さん。この町に大学までくらしていたというお父さんは、笑《わら》いながら答えた。

「そうだな。お父さんがおまえくらいの時も、時計台の鐘《かね》は、毎日何度も鳴っていたよ。なにしろ札幌《さっぽろ》市の市民憲章《しみんけんしょう》に、『わたしたちは、時計台の鐘《かね》がなる札幌《さっぽろ》の市民《しみん》です。』って一文があるくらいだ。でもこの建物《たてもの》、建《た》った時は時計がなかったんだよ。」

「そうなの？」

おどろいたのはお母さんだ。

「じゃあ、なんのための建物《たてもの》だったの？」

「演武場《えんぶじょう》さ。」

男の子は、初《はじ》めて聞く言葉に首をかしげた。

「えんぶじょうって、何？」

「武道《ぶどう》のけいこをするところかな。昔の体育館みたいなものだ。」

「どういうこと？」

「今じゃビルばかりだけど、この辺《へん》はかつて、札幌《さっぽろ》農学校という学校だったんだよ。時計台は、もともとその学校の演武場《えんぶじょう》だったんだ。」

「へー！」お母さんと男の子は、同時におどろいた。

「その話、もっと聞きたい。話して、お父さん。」

「いいぞ。その前に、ほら、そろそろ時計台の鐘《かね》が鳴る。それを聞いたら、百五十年前の話をしてあげるよ。」

見上げた時計の針《はり》が、ちょうど午後三時を指した。

カーン、カーン、カーン。


一八七六（明治九《めいじ》）年六月、神奈川県横浜市《かながわけんよこはまし》の港に、ひとりのアメリカ人男性《だんせい》が降《お》り立った。あごにたくわえた豊《ゆた》かなひげに手をやりながら、三十日近い長旅のつかれも見せず、初《はじ》めてふむ東洋の地をうれしそうにながめている。

男の名は、ウィリアム・クラーク。年は五十一歳《さい》だ。北海道《ほっかいどう》に新しくできる農学校で指導《しどう》するために、日本政府《せいふ》に招《まね》かれて、ふたりの愛弟子《まなでし》と共《とも》にアメリカから海を越《こ》えてはるばるやってきた。

クラーク博士《はかせ》は、州立マサチューセッツ農科大学の現職《げんしょく》の学長だ。在米《ざいべい》公使が、日本で新しく農学校を創設《そうせつ》する人物をアメリカで探《さが》している時、かねてより知っていたクラーク博士《はかせ》に相談したのである。

「クラーク先生が行ってはくださいませんか？」

「それはおもしろい！　ぜひ行きましょう！」

マサチューセッツ農科大学の理事会は、学長が大学をはなれることに猛《もう》反対した。でも、本人が行きたいというので、一年の休暇《きゅうか》を利用《りよう》するということで、折《お》れるしかなかった。クラークは笑顔《えがお》でいった。

「人が二年かかってやることを、私《わたし》なら一年でやってみせますよ！」

クラーク博士《はかせ》は、横浜《よこはま》の町の様子を見ながら、少なからずおどろいていた。

「アメリカとさほど変《か》わらないね。二十年前まで国を閉《と》ざしていたとは思えない。」

日本は、江戸《えど》時代の一六三九（寛永《かんえい》十六）年以降《いこう》、外国との付《つ》き合いは中国とオランダにかぎり、場所も九州の長崎《ながさき》（出島《※でじま》）だけで、それ以外《いがい》は他の国とのつながりをたっていたのだ。

一八五三（嘉永《かえい》六）年に、アメリカからペリーが艦隊《かんたい》をひきいてやってきて開国を求《もと》めたため、日本は翌年《よくねん》、アメリカと条約《じょうやく》を結《むす》んで二百年以上《いじょう》に渡《わた》って閉《と》ざしていた国を開いた。まもなく外国とのあいだで物の売り買いも始まった。クラーク博士《はかせ》が降《お》り立った横浜《よこはま》はその主要《しゅよう》な

※出島《でじま》　江戸《えど》時代に長崎《ながさき》港内につくられた人工の島。

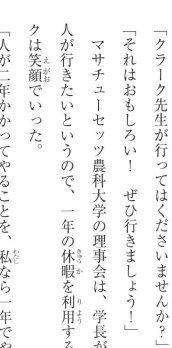

港の一つで、西洋の文明をいちはやくとり入れた町だったのである。

「しかし先生、これから我《われ》らが向かう北海道《ほっかいどう》は、島のほとんどが未開《みかい》の地だそうですね。」

「冬は寒くて長く、大雪に閉《と》ざされるそうですし……。」

共《とも》に日本へきた弟子の教授《きょうじゅ》、ホイーラーとペンハローは、どこか心配そうだ。

江戸幕府《えどばくふ》にとってかわった明治政府《めいじせいふ》は、「富国強兵《ふこくきょうへい》」を合言葉に、産業《さんぎょう》を盛《さか》んにし、軍事力《ぐんじりょく》をつけて、国を豊《ゆた》かにしようとしている。かつて「えぞ地」※と呼《よ》ばれていた北海道《ほっかいどう》の未開《みかい》の地を切り開き、農業を発展《はってん》させ、ロシアなどに対して力をつけることは、政府《せいふ》にとって重要《じゅうよう》な課《か》題《だい》だったのだ。

政府《せいふ》は一八六九（明治《めいじ》二）年に、札幌《さっぽろ》に北海道開拓《ほっかいどうかいたく》の中心となる役所「開拓使《かいたくし》」を置《お》き、一八七四（明治《めいじ》七）年には、「屯田兵《とんでんへい》」というしくみをつくっていた。屯田兵《とんでんへい》は、ふだんは農業をしながら、もしもの時には武器《ぶき》を持って戦《たたか》う人だ。そのような人を増《ふ》やすために、北海道《ほっかいどう》への移民《いみん》をつのって、訓練《くんれん》を始めていたのである。そこには、江戸《えど》時代まで武士《ぶし》だった人たちが、たくさん参加《さんか》していた。

**※えぞ地**　明治以前《めいじいぜん》の北海道《ほっかいどう》・樺太《からふと》・千島《ちしま》の総称《そうしょう》。

クラーク博士《はかせ》が働《はたら》く札幌《さっぽろ》農学校は、そうした開拓《かいたく》者のリーダーになれる人を育てるための学校だった。アメリカの大規模《きぼ》で進んだ農業の仕方を学ぶために、その知識《ちしき》を持ったクラーク博士《はかせ》を招《まね》いたのである。博士《はかせ》は笑顔《えがお》でホイーラーとペンハローを勇気《ゆうき》づけた。

「開拓《かいたく》したいという志《こころざし》があれば、できないことはありません！　私《わたし》たちのマサチューセッツ農科大学も、※南北戦争《なんぼくせんそう》で荒廃《こうはい》した国土を農業で立て直そうとつくった大学でしたよね。アメリカは見事に立ち直った。それと同じように、この国の未来《みらい》のために力を尽《つ》くそう！」

## 開校式でのスピーチ

一八七六（明治九《めいじ》）年七月、クラーク博士《はかせ》たちは、北海道開拓使長官《ほっかいどうかいたくしちょうかん》の黒田清隆《くろだきよたか》や役人、そして試験《しけん》で選《えら》んだ学生十一名らと共《とも》に、東京《とうきょう》の品川《しながわ》をたって、北海道《ほっかいどう》へ向かっていた。太平洋を北上していく蒸気船《じょうきせん》「玄武丸《げんぶまる》」は、波を受けてやけにゆれる。

「ごろごろゆれるから『ごろた丸《まる》』とは、うまい愛称《あいしょう》をつけたもんだな。」

**※南北戦争《なんぼくせんそう》**　1861～1865年に、アメリカ合衆国《がっしゅうこく》で起きた内乱《ないらん》。奴隷《どれい》問題を焦点《しょうてん》として南北で対立した戦争《せんそう》。

笑《わら》っていられる人はいいが、船酔《ふなよ》いでねこんでいる者もいた。

ある日事件《じけん》が起きた。たくさんの荷物といっしょに三等室におしこめられていた学生たちが、イライラし始めたのだ。そして、数人の生徒《せいと》が、甲板《かんぱん》の上で足をふみ鳴らしながら、大声で品のない歌を歌ってさわぎ出したのである。さわぎを聞きつけた黒田長官《くろだちょうかん》は激怒《げきど》した。

「これから開拓《かいたく》を背負《せお》って立つと期待した学生がこのざまとは！　船が着いたら、おまえたちはそこで送り返す！」

「まあまあ長官《ちょうかん》、いくらなんでもそれは……。」

役人たちがどうにかおさめたが、黒田長官《くろだちょうかん》はあきれ、この先が心配になってしまった。

「クラーク博士《はかせ》、農学校で、生徒《せいと》たちの精神《せいしん》もきたえていただけないでしょうか。」

そうたのんだ黒田長官《くろだちょうかん》に、クラーク博士《はかせ》はこう答えた。

「わかりました。では、聖書《せいしょ》の教えを学ばせましょう。」

「聖書《せいしょ》!?」黒田長官《くろだちょうかん》は顔をくもらせた。

「いやいや、それはいけない。日本ではかつてキリスト教を信《しん》じることを禁《きん》じていたのです。

それが解《と》けたとはいえ、聖書《せいしょ》を農学校で使うなど、許《ゆる》されません。」

「聖書《せいしょ》なしでは、人の道など教えられませんよ。」

結局《けっきょく》この話は決着がつかないまま、船は北海道《ほっかいどう》に着いたのである。

一行は、馬で札幌《さっぽろ》へと向かった。周囲《しゅうい》は一面、かえでの森だ。

「内地でよく見かける、松《まつ》や杉《すぎ》などの森は見当たらないなぁ。」

「うむ。しかし、こうした森を開拓《かいたく》できたら、ものすごい広さの土地になるぞ。」

一行はそんな話をしながら道を急いだ。

北海道《ほっかいどう》の中心地に選《えら》ばれた札幌《さっぽろ》は、豊平川《とよひらがわ》のつくったおうぎ形の平野にある。民家《みんか》も見えるが、人口はまだ二千人ほど。一八六九（明治《めいじ》二）年にこの町に役所を建《た》て始めた時は、たったの二家族しか住人がいなかった。

町は、碁盤《ごばん》の目のようにつくられ、整然《せいぜん》とした美しさがあった。町一番の大きな通りにも、まだ雑木《ぞうき》が生え、草がしげっている。そんな町の一角に、札幌《さっぽろ》農学校はあった。講堂《こうどう》や図書館、化学製錬所《せいれんじょ》や、生徒《せいと》がくらす寄宿舎《きしゅくしゃ》もある。後に時計台となる演武《えんぶ》場はまだないが、木造《もくぞう》の洋館造《づく》りの学校はとても堂々《どうどう》としていた。

一八七六（明治九《めいじ》）年八月十四日。ついに札幌《さっぽろ》農学校の開校式が行われた。校内には国旗《こっき》がかかげられ、かざりのアーチが花をそえている。

札幌《さっぽろ》学校から試験《しけん》を受けて加《くわ》わった新たな生徒《せいと》をふくめ、最初《さいしょ》の生徒《せいと》は二十四人。最年長が二十一歳《さい》で、ほとんどは十七、十八歳《さい》の若《わか》い男子だ。皆《みな》、真新しい制服《せいふく》に身を包《つつ》み、希望《きぼう》に満《み》ちた顔をしている。（まもなく学力不足《ぶそく》の者は退学《たいがく》し十六人になった。）

黒田長官《くろだちょうかん》の他、役人たちや学校の関係《かんけい》者など、列席《れっせき》者は百名あまり。クラーク博士《はかせ》は、黒田《くろだ》長官《ちょうかん》らのあいさつのあと、ゆっくりと生徒《せいと》の前に進み出た。

農学校には、別《べつ》に名目上の校長がいる。実際《じっさい》の学校運営《うんえい》をまかされているとはいえ、教頭がこのような場でスピーチするなど、これまでの日本では考えられないことだ。それだけクラーク博士《はかせ》は、この学校にとって大切な人だった。

「開拓長官閣下《かいたくちょうかんかっか》、札幌《さっぽろ》農学校の校長、職員《しょくいん》、学生並《なら》びに紳士諸君《しんししょくん》！　私《わたし》は、日本における最初《さいしょ》の農学校の開校式に参加《さんか》でき、とても誇《ほこ》りに思い、喜《よろこ》んでおります。マサチューセッツ農科大学のふたりの出身者と共《とも》に、この学校が、将来北海道《しょうらいほっかいどう》の農業の発展《はってん》のためになることを信《しん》じております。」

その言葉に、愛弟子《まなでし》のホイーラーとペンハローも深くうなずいた。

「学生諸君《しょくん》！」

クラーク博士《はかせ》は、目の前の十六人を見つめた。

「君たちは母国において、勤勉《きんべん》と信頼《しんらい》と、またそこから生まれる栄誉《えいよ》ある地位《ちい》を得《え》られるように努力《どりょく》してください。健康《けんこう》に気をつけ、悪い欲《よく》はおさえて、勤勉《きんべん》な習慣《しゅうかん》を養《やしな》い、これから学ぶ数々の学科において、知識《ちしき》と経験《けいけん》とを、できるだけ得《え》るように。それは、君たちがこれからつく重要《じゅうよう》な地位《ちい》の準備《じゅんび》になるはずです。そしてこの学校は、北海道《ほっかいどう》の人のためだけでなく、広く全国民《こくみん》から尊敬《そんけい》され、支持《しじ》を受けることを、私《わたし》は信《しん》じています！」

講堂《こうどう》にひびきわたる博士《はかせ》の声を、生徒《せいと》たちは背筋《せすじ》をのばして聞いた。そして、自分たちがこれから学ぼうとしていることが、どれほど国にとって大事なことか、心に刻《きざ》んだのである。

# 雪の手《て》稲《いね》山《やま》に登ろう

札幌《さっぽろ》農学校は「農学校」だったが、学ぶ学科は、農業だけではなかった。在学《ざいがく》四年のあいだに、あらゆる学問を学べるように計画されていた。

例《たと》えば一年目の一学期に学ぶのは、代数《だいすう》学（数学の一分野）、物理化学および無機《むき》化学、英《えい》語《ご》、国語、農学実習などだ。「農学実習」とは、木を伐採《ばっさい》したり、土を耕《たがや》して畑にしたりする肉体労働《にくたいろうどう》だった。二学期には、幾何《きか》学および解析幾何《かいせききか》（数学の一分野）、有機《ゆうき》化学および実験《じっけん》、農学、英語《えいご》、演説法《えんぜつほう》、自在画《じざいが》および幾何画法《きかがほう》、農業実習などを学ぶ。

二年目以降《いこう》はさらに学ぶことが増《ふ》え、植物学、人体解剖《かいぼう》学、機械《きかい》学、動物学、果樹栽培《かじゅさいばい》、天文学、畜産《ちくさん》学、獣医《じゅうい》学、地質《ちしつ》学、簿記《ぼき》など、ありとあらゆる学科が予定されていた。

クラーク博士《はかせ》は、教頭をしながら農場長を務《つと》め、農学と植物学、英語《えいご》の授業《じゅぎょう》も担当《たんとう》した。ホイーラー先生は数学や土木学など、ペンハロー先生は、化学や農学などを教えた。

みんな日本語がしゃべれないので、授業《じゅぎょう》は英語《えいご》だ。教科書もなく、生徒《せいと》たちは先生の講義《こうぎ》をききながら、必死《ひっし》にノートをとった。けれど、それほど英語《えいご》が得意《とくい》なわけではない。

ある日、生徒《せいと》たちはクラーク博士《はかせ》にこうたのんだ。

「先生の話がはやすぎて、ノートをとるのについていけません。もう少しやさしくしてもらえませんか？」

するとクラーク博士《はかせ》はこういった。

「もう少しがまんしてついてきなさい。そうすれば、きっとうまくかけるようになります。」

生徒《せいと》たちは不慣《ふな》れな英語《えいご》の授業《じゅぎょう》にくらいつき、夜になると、みんなでノートを見せ合いながら、講義《こうぎ》の整理をした。

クラーク博士《はかせ》は、そんな生徒《せいと》たちをほったらかしにしたわけではない。生徒《せいと》たちのノートを預《あず》かり、かかれた英語《えいご》の文法《ぶんぽう》やつづりのまちがいを、ひとりひとり直してあげたのだ。

クラーク博士《はかせ》の授業《じゅぎょう》は、教室での講義《こうぎ》にはとどまらなかった。ある冬の日、博士《はかせ》は生徒《せいと》たちにこういった。

「これからみんなで、手稲山《ていねやま》に登りましょう。」

手稲山《ていねやま》は、札幌近郊《さっぽろきんこう》にある標高約《ひょうこうやく》千二十三メートルの山だ。現在《げんざい》はスキー場になっていて、札幌《さっぽろ》で行われた冬季《とうき》オリンピックでも、スキー会場になった山である。

いわれるままに山のふもとまでついてはきたが、生徒《せいと》はおじけづいた。北海道《ほっかいどう》の冬は初《はじ》めてという人ばかり。しかもこんなに雪の積《つ》もった山をのぼるなんて、信頼《しんらい》している先生の指示《しじ》とはいえ、不安《ふあん》がつのる。

「クラーク先生、この寒さの中、雪山登山だなんて、ぼくらには無理《むり》です。」

「大丈夫《だいじょうぶ》。ついてきなさい。」

クラーク博士《はかせ》は、先頭に立って歩き出した。自分たちの倍以上《いじょう》も年上のクラーク博士《はかせ》が雪の斜面《しゃめん》をのぼっていく光景《こうけい》に、生徒《せいと》たちはおどろき、勇気《ゆうき》を出してあとに続《つづ》いた。

しばらく行くと、大きな木があった。見上げたクラーク博士《はかせ》は、「あっ」と小さくさけんだ。

「見なさい、あそこに地衣《ちい》が生えている。なんだろう、あれは？　見たことがないね。」

地衣《ちい》とは、こけに似《に》ている菌類《きんるい》の一種《いっしゅ》だ。その木は巨木《きょぼく》だったが、雪にうもれたおかげで背《せ》が低《ひく》くなっている。

「夏ならこの高さにはのぼれないが、雪のおかげであの地衣《ちい》がとれるね。黒岩《くろいわ》君、君は背《せ》が高い。私《わたし》の肩《かた》にのって、あれをとってください。」

そういうとクラーク博士《はかせ》は、両手を木の幹《みき》について、頭を下げた。

「えっ⁉」

おどろいたのは生徒《せいと》たちだ。日本では、学生が先生の肩《かた》に足をかけるなど、決して許《ゆる》されることではない。

「そんな失礼《しつれい》なこと、ぼくにはできません！」

指名された黒岩《くろいわ》は、おたおたしながら断《ことわ》った。

「何をためらっているのですか？　早く肩《かた》にのって、あの地衣《ちい》をとって。」

博士《はかせ》がせかすので、黒岩《くろいわ》はしかたなく前へ出て、長ぐつをぬごうとした。すると博士《はかせ》は、

「くつなんてぬがなくてもいい。そのまま上がりなさい。」

黒岩《くろいわ》は、もうどうにでもなれと、長ぐつのまま博士《はかせ》の肩《かた》に足をかけて立ち上がり、体をのば

してその地衣《ちい》をとったのである。

「おお、やっぱり思ったとおりだ。この地衣《ちい》はめずらしい！　ほら、みんなよく見て！」

クラーク博士《はかせ》は大喜《よろこ》びで、その地衣《ちい》をくわしく観察《かんさつ》した。あとでわかったことだが、その地《ち》衣《い》はこれまで発見されたことのない新種《しんしゅ》で、後に「クラークゴケ」と呼《よ》ばれるようになった。

学問は、教室で学ぶ講義《こうぎ》だけではない。体験《たいけん》や観察《かんさつ》を通して、自分で考えて研究する姿勢《しせい》が大事なのだと、クラーク博士《はかせ》は生徒《せいと》たちに教えたのである。

## 酒を飲まないちかい

クラーク博士《はかせ》の教育は、勉強以外《いがい》の面でも独特《どくとく》だった。農学校ができた時、事細かに校則《こうそく》がつくられた。なにしろ生徒《せいと》は、もと武士《ぶし》の子たちで、まだ若い。北海道《ほっかいどう》行きの船の中でも大さわぎをしたくらいで、きちんと規則《きそく》を守らせないと、この先が思いやられる。

ところが、その規則《きそく》を見せられたクラーク博士《はかせ》は、こういった。

「細かい規則《きそく》は必要《ひつよう》ありませんよ。大事なのはただ一つ。『紳士《しんし》であれ』ということです。」

博士《はかせ》は生徒《せいと》たちを前に、「ビー　ジェントルマン！」と伝《つた》えた。「紳士《しんし》であれ」、それさえ心においておけば、校内を走ったり、大声を上げたり、けんかをしたりはしないはずだ。紳士《しんし》であろうとすれば、食事や消灯《しょうとう》の時間も守るはずだと、クラーク博士《はかせ》はいった。

規則《きそく》にしばられるより、自分の言動の良《よ》し悪《あ》しを、自分に問えというのである。そして、それができない生徒《せいと》には、きびしくあたる覚悟《かくご》だった。

「紳士《しんし》でいられないような者は、この学校で学ぶ資格《しかく》はない。退学《たいがく》を命じます！」

そんなクラークの言葉に、細かい規則《きそく》は意味をなくしてしまったのだ。

生徒《せいと》たちは、自分たちを信《しん》じてくれるクラーク博士《はかせ》を、さらに信頼《しんらい》した。それはある晩《ばん》、寄《き》宿舎《しゅくしゃ》でクラークが親しく生徒《せいと》たちと話をした時のことだ。

博士《はかせ》が酒に手をつけないので、生徒《せいと》が不思議《ふしぎ》に思って聞いた。

「先生、どこか体の具合でも悪いのですか？」

博士《はかせ》は酒が好《す》きで、アメリカからたくさん持ってきていると聞いていた。博士《はかせ》は、「いや」

と首をふると、こういった。

「酒は全部捨《す》ててしまいました。」

「えー、もったいない⁉」

「諸君《しょくん》、酒やたばこは、若《わか》い君たちの頭脳《ずのう》や体をむしばんでしまいます。それに、酒によようと、自分をコントロールできなくなり、紳士《しんし》のふるまいができなくなります。」

よってさわいだ日々を思い出した生徒《せいと》たちは、気まずそうに頭をかいた。

「だから私《わたし》は、諸君《しょくん》に禁酒《きんしゅ》と禁煙《きんえん》をすすめたい。けれど、自分がそれを楽しんでいたら、君たちの手本になりません。だから、まずは私《わたし》がやめたのです。」

生徒《せいと》たちはそれを聞くと、だまりこんだ。これまで習ってきた日本の教師《きょうし》たちは、自分たちにいろいろな規則《きそく》をおしつけはするが、自ら手本になるなんてことはなかったのだ。

やがて、ひとりがコップを置《お》くと、またひとり、さらにひとりと、酒の入ったコップを置《お》き、たばこをもみ消した。

「先生、ぼくは金輪際《こんりんざい》、酒は飲みません。」

「ぼくも、たばこはもう捨《す》てます！」

「本当ですか！　ありがとう。私《わたし》はうれしいよ！」

それからというもの札幌《さっぽろ》農学校では、やりたいという人だけ、教師《きょうし》も生徒《せいと》も禁酒《きんしゅ》の誓約書《せいやくしょ》にサインをするようになった。欲《よく》をおさえ、紳士《しんし》であろうと努力《どりょく》したのである。

以前《いぜん》、教育に聖書《せいしょ》を使うことには顔をしかめた黒田長官《くろだちょうかん》も、クラーク博士《はかせ》の仕事ぶりに、見て見ぬふりをすることにした。博士《はかせ》は日曜日に、聖書《せいしょ》を読んだり賛美歌《さんびか》を歌ったりして、生徒《せいと》たちにキリスト教を教えはじめた。けれど、それは生徒《せいと》たちを立派《りっぱ》にしようとするもので、決してキリスト教徒《きょうと》にしようとしたわけではなかった。

## 少年よ、大志《たいし》をいだけ！

春がきた。内地ではそろそろ桜《さくら》の便《たよ》りが聞こえるころだが、北海道《ほっかいどう》はまだ雪が残《のこ》っている。
開校から七か月がたち、クラーク博士《はかせ》がアメリカへ帰る日が近づいていた。

「畜舎《ちくしゃ》のモデルも完成《かんせい》したし、良《よ》かった。」

博士《はかせ》は、北海道《ほっかいどう》では、他の日本の土地のような米づくりを中心とした農業より、小麦や果樹《かじゅ》を育て、牛などの家畜《かちく》を飼《か》ってバターやチーズを加工《かこう》する農業が向いていると考えた。そのために、家畜《かちく》を育てる畜舎《ちくしゃ》の構想《こうそう》を立てたのだ。それは二階建《だ》てで、上の階に家畜《かちく》のえさになる干《ほ》し草などをたくわえ、下の階にいる牛や馬にあたえるという構造《こうぞう》で、それまでの日本にはないものだった。

「あとは、軍事訓練《ぐんじくんれん》のできるホールがほしい。それは、君たちにまかせます。」

農学校に残《のこ》るホイーラーとペンハローは、力強くうなずいた。北海道《ほっかいどう》は、北方にロシアがあり、いつ攻《せ》めてくるかわからない。そこで、もしもの時には武器《ぶき》を持って戦《たたか》い、兵士《へいし》たちを指揮《しき》できるようなリーダーを、この学校で育てたいと考えていたのだ。そのための訓練《くんれん》をする演武場《えんぶじょう》を、クラーク博士《はかせ》は建《た》てたかったのである。

四月、とうとうクラーク博士《はかせ》が帰国に向けて札幌《さっぽろ》をたつ日がきた。農学校は休校となり、生徒《せいと》や教師《きょうし》たち総勢《そうぜい》二十五名は、博士《はかせ》を見送ることにした。一行は馬に乗り、別《わか》れをおしむよう

に二十キロ以上《いじょう》お供《とも》をしたが、いつまでもそうしてはいられない。

クラーク博士《はかせ》は、生徒《せいと》たちひとりひとりを見つめ、力強く握手《あくしゅ》をした。

「どうか諸君《しょくん》、時々で良《よ》いから手紙をかいて、様子を知らせてください。」

そう何度もいう博士《はかせ》に、みんなつらくて泣《な》き出した。

「諸君《しょくん》とすごした札幌《さっぽろ》での日々は、本当に楽しく、幸せでした。」

そういうと博士《はかせ》は馬を少し歩かせ、立ち止まるとたった一度ふり返り、こういった。

「ボーイズ、ビー　アンビシャス！（少年よ、大志《たいし》をいだけ！）」

その言葉を残《のこ》し、クラーク博士《はかせ》は雑木林《ぞうきばやし》の中へと消えていった。

クラーク博士《はかせ》が日本を去った翌年《よくねん》、農学校に演武《えんぶ》場が完成《かんせい》した。一階には博物標本《はくぶつひょうほん》などを並《なら》べる教室があり、二階には訓練《くんれん》をする大広間と武器庫《ぶきこ》があった。そこでは兵式体操《へいしきたいそう》という軍隊《ぐんたい》式の体操《たいそう》が教えられ、陸軍《りくぐん》から少尉《しょうい》がきて指導《しどう》にあたった。

一八八一（明治《めいじ》十四）年には、演武《えんぶ》場の塔《とう》の上にニューヨークからとり寄《よ》せた大時計が備《そな》えられた。以来《いらい》、時計は「農学校の大時計」と呼《よ》ばれて、町の人々に親しまれたのである。

「……一年にもみたない滞在《たいざい》だったけれど、クラーク先生の教育は強烈《きょうれつ》な影響《えいきょう》をあたえてね。先生と生徒《せいと》の関係《かんけい》ではなく、友情《ゆうじょう》を持って学生たちを一人前の人物に育てようとしたクラーク先生に、みんなが引きつけられたんだよ。クラーク先生の教育への考え方はその後も引きつがれ、たくさんの才能《さいのう》ある卒業生《そつぎょう》を出したんだ。例《たと》えば小説家《しょうせつか》の有島武郎《ありしまたけお》、思想家の内村鑑三《うちむらかんぞう》、教育者の新渡戸稲造《にとべいなぞう》もそうだ。農学校なのに、英語《えいご》をはじめいろんな学問を教えた学校だったから、卒業生《そつぎょう》もいろんな方面で活躍《かつやく》できたのさ。そしてこの時計台は、みんなが勉強する姿《すがた》をずっと見てきたんだよ。」

時計台の内部のベンチに腰《こし》をかけ、お父さんは家族にそう話した。

「時計は、後に整備《せいび》する人がいなくなって止まってしまってね。昭和《しょうわ》の初《はじ》めに、市内の時計屋さんが、ボランティアで直して守り続《つづ》けたんだよ。この時計台は、北海道開拓《ほっかいどうかいたく》も見てきた、札《さっ》幌《ぽろ》のシンボルでもあるからね。」

「農学校はなくなっちゃったの？」

と、男の子がさみしそうに聞いた。

「いいや。札幌《さっぽろ》農学校は、後にこの建物《たてもの》を残《のこ》し移転《いてん》して、お父さんが卒業《そつぎょう》した北海道《ほっかいどう》大学になったんだ。」

「えーっ！　すっごーい！」

男の子は大喜《よろこ》びした。お父さんはうれしそうに笑《わら》った。

「つまりお父さんの中にも、クラーク博士《はかせ》の教えは息づいているってことさ。」

「ぼくも北海道《ほっかいどう》大学で勉強したい！」

「わー、ほんとに？　難《むずか》しいのよ。一生懸命《いっしょうけんめい》勉強しないと、合格《ごうかく》できない大学なの。」

お母さんがいうと、男の子は元気にいった。

「ぼくも大きな志《こころざし》をいだくよ！　きっとできるさ！」

「うれしいなぁ。じゃあ今度は北大《ほくだい》に行こう。昔の建物《たてもの》が残《のこ》っているから、見にいこうか！」

ちょうどその時、時計台が午後四時の鐘《かね》を打ち始めた。

# 時をつげる町のシンボル

町の人々のくらしに役立ってきたよ！

東京都《とうきょう》

十思《じっし》公園内の石町時《こくちょうとき》の鐘《かね》。

## 石町時《こくちょうとき》の鐘《かね》

石町時《こくちょうとき》の鐘《かね》は、江戸《えど》時代に本石町《ほんごくちょう》に建《た》てられ、江戸《えど》の町の人々に時を知らせていた。鐘《かね》は何度か直され、1711（宝永《ほうえい》8）年につくられた鐘《かね》は、中央《ちゅうおう》区日本橋《にほんばし》の十思《じっし》公園内に移《うつ》されて今も残《のこ》っている。

埼玉県《さいたま》

川越《かわごえ》市の時《とき》の鐘《かね》。

## 川越《かわごえ》市の時《とき》の鐘《かね》

川越《かわごえ》市にある時《とき》の鐘《かね》は、1634（寛永《かんえい》11）年に川越城主酒井《かわごえじょうしゅさかい》忠勝《ただかつ》が、城下《じょうか》の多賀町《たがまち》（現在《げんざい》の幸町《さいわいちょう》）に建《た》てたといわれている。現在《げんざい》の鐘楼《しょうろう》は、1894（明治《めいじ》27）年に再建《さいけん》されたものである。

## 辰鼓楼《しんころう》

3代目の辰鼓楼《しんころう》。

1871（明治《めいじ》4）年に建《た》てられた当時は、太鼓《たいこ》で時報《じほう》をつげていた。1881（明治《めいじ》14）年に今の時計台の姿《すがた》になったとされている。現在《げんざい》3代目の時計が豊岡《とよおか》市出石町《いずしちょう》のシンボルとして親しまれている。

## 六時《ろくじ》の鐘《かね》

六時《ろくじ》の鐘《かね》。

伊都郡《いとぐん》の金剛峯寺《こんごうぶじ》にある六時《ろくじ》の鐘《かね》は1618（元和《げんな》4）年、戦国武将福島《せんごくぶしょうふくしま》正則《まさのり》によって建《た》てられた。今でも午前6時から午後10時までの偶数《ぐうすう》時に鐘《かね》がつかれ、時を知らせている。

# 第二話

# 青《せい》函《かん》トンネル

**（北海道《ほっかいどう》・青森《あおもり》県）**

## 「念《ねん》ずれば岩をも通す」
## その信念《しんねん》とは

掘削《くっさく》途中《とちゅう》の青函《せいかん》トンネル本坑《ほんこう》

# 最悪《さいあく》の海難事故《かいなんじこ》

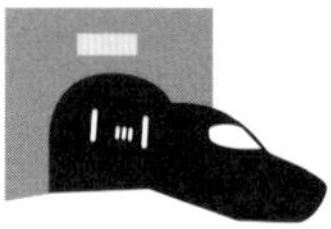

二〇一六（平成《へいせい》二十八）年の夏、私《わたし》は、北海道函館《ほっかいどうはこだて》市にくらすおじいちゃんと東京《とうきょう》へ向かっていた。夏休みの前半をおじいちゃんの家ですごし、後半はおじいちゃんが私《わたし》たちの家へ遊びにくるのだ。

「飛行機《ひこうき》にしようよ。羽田まで一時間半だもん。」

私《わたし》はそうすすめたけど、おじいちゃんは電車で行くという。

「乗ってみたいんだよ、はやぶさに。新幹線《しんかんせん》が開業したばかりだろ。」

その年の三月二十六日、青森《あおもり》県の新青森《しんあおもり》駅と北海道《ほっかいどう》の新函館北斗《しんはこだてほくと》駅の間を走り始めた北海道《ほっかいどう》新幹線《しんかんせん》。新青森《しんあおもり》から東北新幹線《とうほくしんかんせん》に接続《せつぞく》しているので、北海道《ほっかいどう》で電車に乗れば、そのまま東京《とうきょう》へ行けるのだ。四時間半くらいかかるらしい。

「のんびりした電車の旅も楽しいよ。のんびりっていっても、新幹線《しんかんせん》だからビューンだけどね。」

そんなわけで、私《わたし》はおじいちゃんとふたりで、メタリックグリーンと白のボディが美しい、北海道新幹線《ほっかいどうしんかんせん》に乗った。今、一つ目の駅の木古内《きこない》をすぎたところだ。それにしても、長いのや短いのやトンネルが多い。でもこのあと、とんでもなく長いトンネルが待っている。私《わたし》はそれがちょっと不安《ふあん》だった。だって、北海道《ほっかいどう》と本州《ほんしゅう》のあいだは海だ。この新幹線《しんかんせん》は、その海の底《そこ》を通るんだもの。しばらくすると、車内に車掌《しゃしょう》さんのアナウンスがひびいた。

「ご案内《あんない》いたします。この電車はまもなく青函《せいかん》トンネルに入ります。本州《ほんしゅう》と北海道《ほっかいどう》とを結《むす》ぶ青《せい》函《かん》トンネルの全長は五十三・八五キロメートルです。そのうち陸《りく》の部分は三十・五五キロメートル、海の底《そこ》を通る部分は二十三・三キロメートルです。津軽海峡《つがるかいきょう》の下を通る青函《せいかん》トンネルは、海底《かいてい》からさらに百メートル深い場所にほられており、最《もっと》も深いところでは、海面から二百四十メートル下の地点を走行してまいります。青函《せいかん》トンネルは、あらかじめ新幹線《しんかんせん》で走行できる規《き》格《かく》で建設《けんせつ》されました。二〇一六（平成《へいせい》二十八）年三月二十六日、念願《ねんがん》の北海道新幹線《ほっかいどうしんかんせん》が走り出しました。電車はこの先、青函《せいかん》トンネルに入ります。走行時間は、およそ二十五分間です。」

アナウンスが終わりしばらくしたら、新幹線《しんかんせん》は青函《せいかん》トンネルに突入《とつにゅう》した。私《わたし》は思わずおじいちゃんの手をにぎりしめた。おじいちゃんは、ニコニコとその手をにぎり返した。

「まだ陸《りく》だよ。海の底《そこ》はもうちょっと先。」

そして真っ暗な外を見つめた。窓《まど》に映《うつ》ったおじいちゃんの顔は、うれしいのか悲しいのか、何かを思い出しているみたいだった。

「ねえ、おじいちゃん、このトンネルがつながったのって、いつ？」

「一九八五（昭和《しょうわ》六十）年三月十日。」

日付《ひづけ》まで答えたので、私《わたし》はおどろいてしまった。

「最初《さいしょ》は十年くらいでできるだろうっていわれていたのだけれど、大変《たいへん》な工事で、結局《けっきょく》二十四年もかかったんだ。たくさんの人のがんばりのおかげで、つくられたトンネルなんだよ。特急《とっきゅう》が走り始めたときはうれしくてね。用事もないのに青森《あおもり》まで乗ったくらいだ。」

そうか。おじいちゃんは、このトンネルができるまでを知ってるんだ。

「トンネルができる前はどうしてたの？　飛行機《ひこうき》？」

「船だよ。青函連絡船《せいかんれんらくせん》っていう、大きな船。中には車も積《つ》めるし、線路が引かれていて、貨物《かもつ》車も積《つ》めたんだ。でも、津軽海峡《つがるかいきょう》は海が荒《あら》くてね、船がよく事故《じこ》にあうので、船の墓場《はかば》なんていわれてた。あるとき、洞爺丸《とうやまる》っていう青函連絡船《せいかんれんらくせん》が、台風にあって転覆《てんぷく》したんだ。たくさんの人が亡《な》くなったんだよ。その事故《じこ》が、このトンネルをつくるきっかけになったんだ。」

それは一九五四（昭和《しょうわ》二十九）年九月二十六日の夜。函館《はこだて》港近くの七重浜《ななえはま》沖《おき》で、青函連絡船《せいかんれんらくせん》洞爺丸《とうやまる》が転覆《てんぷく》し、沈没《ちんぼつ》した。原因《げんいん》となったのは台風十五号。九州に上陸《じょうりく》したあと、日本海を北上し、やがて消えると思っていたら、日本海で発達《はったつ》しながら猛《もう》スピードで進み、津軽海峡《つがるかいきょう》で大嵐《あらし》となってふき荒《あ》れたのだ。

当時、本州《ほんしゅう》と北海道《ほっかいどう》を結《むす》ぶ交通手段《しゅだん》は青函連絡船《せいかんれんらくせん》だけだった。できるだけ欠航《けっこう》にはしたくないという思いがあり、さらに気象予報《きしょうよほう》が今ほど正確《せいかく》ではなくて台風の動きが予想できなかったため、洞爺丸《とうやまる》は午後七時前に函館《はこだて》の港を出てしまったのである。

突風《とっぷう》と高波に巻《ま》きこまれた洞爺丸《とうやまる》は引き返したが、七重浜《ななえはま》沖《おき》で座礁《ざしょう》。巨体《きょたい》を横転させ、沈没《ちんぼつ》してしまった。乗員乗客千三百十四人のうち千百五十五人が亡《な》くなって、他にも四隻《せき》の船が被害《ひがい》にあい、全部合わせると千四百三十人もの命が失《うしな》われてしまった。

「連絡船《れんらくせん》を運航《うんこう》していた国鉄（現在《げんざい》のＪＲ《ジェイアール》）が、強い批判《ひはん》を受けてね。国（当時の運輸省《うんゆしょう》）は、以前《いぜん》から計画があった海底《かいてい》トンネルを、本気でつくることにしたんだ。そこに列車《れっしゃ》を通して、天気の悪い時でも安全に行き来ができるようにしようと思ったんだよ。」

おじいちゃんはそんなふうにして、トンネルの歴史《れきし》を話し始めた。真っ暗なトンネルを疾走《しっそう》する新幹線《しんかんせん》は、まるで過去《かこ》に戻《もど》っていくみたいだった。

## 三つのトンネル

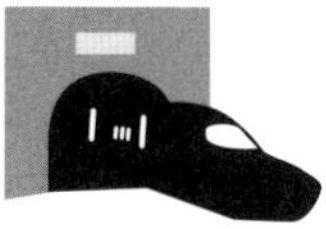

「青函《せいかん》トンネルをほるのに、まず欠《か》かせなかったのは地質《ちしつ》の調査《ちょうさ》だ。ほろうとしている岩の層《そう》がどんな性質《せいしつ》なのか、しっかり調べてからほらないと大変《たいへん》だろ？　かたいのかやわらかいのか、どれくらい海水がしみてくるのか、それを見極《みきわ》めなくちゃ、こわくてほれやしない。じつは青《せい》函《かん》トンネルは、今新幹線《しんかんせん》が通っているトンネルをいきなりほったわけじゃないんだよ。まず、地質調査《ちしつちょうさ》のために別《べつ》のトンネルをほったんだ。」

それは「先進導坑《せんしんどうこう》」と呼《よ》ばれるトンネルだった。文字どおり、先に進んで、導《みちび》いてくれるトンネルだ。まず、これからほり進める場所に、細い穴《あな》を深く開け、そこから土のサンプルをとり出す。それがどんな性質《せいしつ》かを調べ、そのデータをもとに、適《てき》したほり方でほっていったそうだ。

「簡単《かんたん》にいえば、長さのあるつつを土にさしこんでとり出すと、地下の土がつつの中に入ってくるだろう？　それをとり出して、調べるみたいなもんだな。ただしトンネルだから、垂直《すいちょく》じゃなくて、横に真っすぐさしこんだんだよ。」

しかも、その長さは最大《さいだい》二千百五十メートルだったという。二キロ先の土までとってこられるこの技術《ぎじゅつ》は、青函《せいかん》トンネルづくりで初《はじ》めて開発されたそうだ。

「そうやって得《え》られた地質《ちしつ》のデータとほり方の技術《ぎじゅつ》は、そのあとを追うようにほり始めた、『作業坑《さぎょうこう》』と『本坑《ほんこう》』という二本のトンネルづくりにいかされたんだよ。」

「また別《べつ》のトンネル!?」

「そうだよ。作業坑《さぎょうこう》は、機材《きざい》や材料《ざいりょう》などを運び入れたり、切りくずした岩や土砂《どしゃ》などを運び出したりするのに使うトンネルで、その三十メートル脇《わき》に平行してほられたのが本坑《ほんこう》。今おじいちゃんたちが通っているトンネルだよ。」

おじいちゃんは、かばんから手帳をとり出し、「こんなこともあろうかと、青函《せいかん》トンネルについて調べておいたんだ」と笑《わら》った。そして三つのトンネルの工事の歩みを見せてくれた。

一九六四（昭和《しょうわ》三十九）年五月　北海道側《ほっかいどうがわ》で、ななめの穴《あな》をほり始める。

一九六六（昭和《しょうわ》四十一）年三月　本州側《ほんしゅうがわ》で、ななめの穴《あな》をほり始める。

一九六七（昭和《しょうわ》四十二）年三月　北海道側《ほっかいどうがわ》で、先進導坑《せんしんどうこう》をほり始める

一九六八（昭和《しょうわ》四十三）年十二月　北海道側《ほっかいどうがわ》で、作業坑《さぎょうこう》をほり始める。

一九七〇（昭和《しょうわ》四十五）年一月　本州側《ほんしゅうがわ》で、先進導坑《せんしんどうこう》をほり始める。

一九七〇（昭和《しょうわ》四十五）年七月　本州側《ほんしゅうがわ》で、作業坑《さぎょうこう》をほり始める。

一九七一（昭和《しょうわ》四十六）年九月　本坑《ほんこう》（電車が通るトンネル）をほり始める。

一九七九（昭和《しょうわ》五十四）年九月　本州側《ほんしゅうがわ》の作業坑《さぎょうこう》が完成《かんせい》し、先進導坑《せんしんどうこう》に到達《とうたつ》。

一九八〇（昭和《しょうわ》五十五）年三月　北海道側《ほっかいどうがわ》の作業坑《さぎょうこう》が完成《かんせい》し、先進導坑《せんしんどうこう》に到達《とうたつ》。

一九八三（昭和《しょうわ》五十八）年一月　先進導坑《せんしんどうこう》がつながった。

一九八五（昭和《しょうわ》六十）年三月　本坑《ほんこう》がつながった。

一九八七（昭和《しょうわ》六十二）年十一月　青函《せいかん》トンネル完成《かんせい》！


「少し期間がずれてはいるけど、三つのトンネルを、同時につくってたんだね。」

私《わたし》はとてもおどろいた。先進導坑《せんしんどうこう》と作業坑《さぎょうこう》の大きさは、大きいところで高さ約《やく》四メートル、幅約《はばやく》五メートル。今通っている本坑《ほんこう》は、高さ約《やく》九メートル、幅《はば》は約《やく》十一メートルだという。

「そうだね。本坑《ほんこう》は、作業坑《さぎょうこう》から横穴《よこあな》をいくつもつくって、それぞれの場所でほったんだって。あちこちでいっせいにほったほうが、作業がはかどるからね。作業員たちは、二十四時間体制《たいせい》でほったそうだよ。」

その横穴《よこあな》は今もあって、先進導坑《せんしんどうこう》と作業坑《さぎょうこう》に続《つづ》いているそうだ。先進導坑《せんしんどうこう》と作業坑《さぎょうこう》は、トンネル内の空気を入れかえたり、わいてくる水を外へ出したり、そして万一トンネルの中で事故《じこ》があった時には避難経路《ひなんけいろ》にも使われるんだと、おじいちゃんは教えてくれた。

「トンネルってどうやってほったの？　ダイナマイトでどっかーん！　とか？」

「そういう方法《ほうほう》もあったな。岩に小さな穴《あな》をいくつかあけて、そこにダイナマイトをしこんで、爆破《ばくは》させて岩をくだく方法《ほうほう》だね。やわらかい岩なら、人が電動のドリルを持って、手作業でくだくこともあったそうだよ。ほり方は、地質《ちしつ》の状態《じょうたい》に応《おう》じて、適《てき》した方法《ほうほう》を選《えら》んだんだ。ほりやすさだけじゃなくて、作業員がケガをしないよう、安全な方法《ほうほう》であることも大事だったんだ。」

青函《せいかん》トンネルは、できるまでの期間が長かったから、そのあいだにもより良《よ》い技術《ぎじゅつ》が生まれて、ほり方は変《か》わっていった。くずした岩は、ショベルカーやダンプカーを使って、トンネルの外へ運び出す。トロッコや、やがてベルトコンベアもできて、便利《べんり》になっていった。

「いったいどれくらいの土をほったの？」

「えーと、ちょっと待って、見てみるから。」

おじいちゃんはまた手帳を開いて、こういった。

「約《やく》六百三十万立方メートルだって。……ってことは、東京《とうきょう》ドーム五個《こ》分くらいかな。」

「ぜんぜんイメージできない！」

「あはは。とにかくすごい量《りょう》だよ。」

ほったあとは、トンネルが崩壊《ほうかい》しないように、壁《かべ》を補強《ほきょう》する。青函《せいかん》トンネルでは、コンクリートを厚《あつ》くふきつけるという技術《ぎじゅつ》が使われた。それが固《かた》まったら、何メートルもある巨大《きょだい》な釘《くぎ》を放《ほう》射状《しゃじょう》につきさし、コンクリートとその奥《おく》の岩盤《がんばん》をつなげて、トンネルがくずれるのを防《ふせ》ぐというわけだ。おじいちゃんの手帳には、使ったセメントの量《りょう》は約《やく》八十五万トンとあった。

新幹線《しんかんせん》は、もう十分以上《いじょう》トンネルの中を走っている。入り口からここまでどれくらいの距離《きょり》だろう。それをほってくれた人がいるんだ。私《わたし》は胸《むね》がジーンとしてきた。

するとおじいちゃんがつぶやいた。

「ただねぇ、このトンネルをほるのは、水との戦《たたか》いだったんだよ。」

## トンネル水没《すいぼつ》の危機《きき》

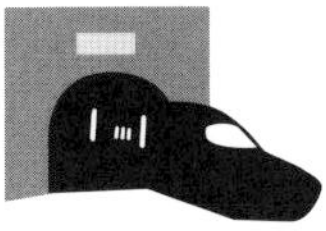

「トンネルは、山でほる時も水が出る。岩や土の中には、しみこんだ雨水の通り道があるから

ね。山ですらそうだけど、ここは海の底《そこ》だ。海底《かいてい》よりはるかに下をほっているとはいえ、どうしたって海水がわいてくるんだ。」

私《わたし》はそれを聞いて、こわくなった。ほっていたら突然《とつぜん》海水がふき出して、みんな流されちゃうってこともあったんじゃないの？　おそるおそる聞くと、おじいちゃんはこう教えてくれた。

「地質調査《ちしつちょうさ》でこの先にわき水があるとわかったら、水が出てこないように、ある作業が行われたんだ。おまえならどうする？　どうやって水を止める？」

「え？　うーん……。でっかいバケツを置《お》いておくとか？」

「あはは。それじゃあ無理《むり》だな。トンネルをほる作業員は、こうやった。これからほろうとしている岩の壁《かべ》に機械《きかい》をつっこみ、水を固《かた》めてしまう特殊《とくしゅ》な薬液《やくえき》を強い圧力《あつりょく》で流し入れたんだ。薬液《やくえき》は、これからほろうとしている岩の割《わ》れ目や、岩盤《がんばん》の弱いところに入りこみ、水の道をふさいでくれたんだよ。」

「すごーい！」

「それも、ほろうとしているトンネルの高さや幅《はば》の五倍、前方は七十メートルも先まで、広い部分にその薬液《やくえき》を浸透《しんとう》させたんだぞ。それも一度じゃない。ほり進めるたびにその作業をくり返して、地盤《じばん》を固《かた》めてほっていったんだ。」

それでも海水の圧力《あつりょく》はすごい。完全《かんぜん》に水を止められなかった場所では、雨の中にいるように水がふいてくる。でも、海底《かいてい》のトンネルにわき水はつきもので、それくらいは大したことではなかった。恐《おそ》ろしいのは、地盤《じばん》がくずれるような大出水だ。

一九七六（昭和《しょうわ》五十一）年五月六日。作業坑《さぎょうこう》の工事中に、それが起きた。トンネルをほっている面から、大量《たいりょう》の海水がわき出したのである。

「あの時は大きなニュースになったから、おじいちゃんもよく覚《おぼ》えてる。トンネルが完全《かんぜん》に水《すい》没《ぼっ》するんじゃないかと思ったくらいだよ。」

五月六日の未明《みめい》、作業坑《さぎょうこう》で掘削《くっさく》をしていた作業員たちは、岩の奥《おく》の方で、ボーンッ、という不気味《ぶきみ》な音がくり返しひびくのを聞いた。

ほっていた層《そう》は岩盤《がんばん》にひびが多く、岩の割《わ》れ目から水がもれていて、固《かた》める薬液《やくえき》を流しこんでも、もはや完全《かんぜん》に止めることができないほどの地層《ちそう》だった。作業員は少しずつもれてくる水に足首くらいまでつかり、温度も湿度《しつど》も高い中で、慎重《しんちょう》に仕事をしていたのである。

すると一時間がたったころ、トンネル内にかみなりのような音がとどろいた。と思ったら次の瞬間《しゅんかん》、ほっていた面の上の部分から、どろ水が滝《たき》のようにふき出したのである。

「水の幅《はば》は二メートルくらいだったそうだよ。七〜八人いた作業員たちはにげて、間一髪《かんいっぱつ》助かったんだ。作業坑《さぎょうこう》は先端《せんたん》へ向かって下り坂だったので、水はどんどんほっている面にたまっていき、二百メートルほどが人の胸《むね》くらいまで水没《すいぼつ》してしまったんだよ。」

トンネルの中には、わき水を外へ出すための強力な排水《はいすい》ポンプがいくつもあった。ところが、それを動かしても水がうまく外へ出せない。そうこうするうちに、おそれていたことが起きた。突然《とつぜん》大地が割《わ》れるような音と共《とも》に、トンネルのほっていた面がくずれ落ち、想像《そうぞう》を絶《ぜっ》する水がふき出した。

「青函《せいかん》トンネルでは、完成《かんせい》までに異常《いじょう》出水と呼《よ》ばれる事故《じこ》が四回起きているのだけど、この時が一番ひどかったんだ。瞬間最大《しゅんかんさいだい》で毎分八十五トンというすさまじい量《りょう》の海水が、トンネル内に流れこんだんだよ。」

私《わたし》は思わずおじいちゃんの腕《うで》にしがみついた。

「水をせき止めようとして、水際《みずぎわ》の後方でありったけのセメント袋《ぶくろ》を積《つ》み上げて壁《かべ》をつくったけれど、どろ水はその壁《かべ》を三つも乗り越《こ》え、翌日《よくじつ》には閉《と》ざしていた非常用《ひじょう》の水門まで破《やぶ》られてしまって、水は本坑《ほんこう》へ流れこんだんだよ。」

「本坑《ほんこう》って、今通っているトンネルでしょ？　そこに水が流れちゃったの？」

「うん。おじいちゃんもそれを知った時は、大変《たいへん》だと思ったのだけど、あとで読んだ本には、わざと本坑《ほんこう》へ水をにがしたってかいてあったね。本坑《ほんこう》を守ろうとしてつくっていた壁《かべ》をこわしてまで、水を入れたらしい。ほら、洗面器《せんめんき》に水をためるより、お風呂《ふろ》にためるほうが時間がかかるだろう？　本坑《ほんこう》は作業坑《さぎょうこう》より何倍も大きいから、水がたまらないように時間をかせいだんだよ。それより大事なのは、先進導坑《せんしんどうこう》だったんだって。」

先進導坑《せんしんどうこう》には、三つのトンネルから出る水を集めて外へ出す、ポンプ室があったのだという。もしもその部屋が水没《すいぼつ》したら、もうなすべがなく、やがてトンネルは完全《かんぜん》に水没《すいぼつ》する。そこで、水の出ている作業坑《さぎょうこう》と守るべき先進導坑《せんしんどうこう》とをつなぐ穴《あな》の入り口に厚《あつ》く高くセメント袋《ぶくろ》を積《つ》み、最後《さいご》の壁《かべ》を築《きず》いたのだ。

「関係者《かんけい》はみんな不安《ふあん》だったろうけど、前線にいた作業員はもっとこわかっただろうね。頭の上は津軽海峡《つがるかいきょう》だよ。水はかぎりなくあるんだから。トンネルの中は、感電を防《ふせ》ぐために電気もつけられず真っ暗。作業員は全身どろまみれで、ずっと水につかっているから足がふくらんじゃって、長ぐつがぬげなくなったそうだよ。」

作業坑《さぎょうこう》は二千六百メートル以上《いじょう》、本坑《ほんこう》は八百八十メートル近くが水につかってしまった。わいてくる水は、量《りょう》は減《へ》ったものの、まだ止まらない。すると五月十日になって、前ぶれもなく水の勢《いきお》いが弱まったのだ。

「どうして？　何があったの？」

私《わたし》は夢中《むちゅう》でおじいちゃんに聞いた。

「たまった水と出てくる水とのおし合う力のバランスがとれたんだろう。作業坑《さぎょうこう》は百メートルも流された土砂《どしゃ》でうまったというから、その土砂《どしゃ》も水のふたになったんだろうね。出水が落ち着くのを待って、ポンプを増《ふ》やし、どんどん排水《はいすい》したそうだよ。」

ところがその作業が一段落《だんらく》した七月の初《はじ》め、水の出た作業坑《さぎょうこう》の先端《せんたん》を見にいったところ、全くぐうぜんに、再《ふたた》び大量《たいりょう》の水がふき出したという。

結局作業坑《けっきょくさぎょうこう》は、その場所をさけてまわり道をすることになった。事故《じこ》の起きたトンネルの先端《せんたん》は、分厚《ぶあつ》いコンクリートで固《かた》めてしまうことになったのだ。

## つながったトンネル

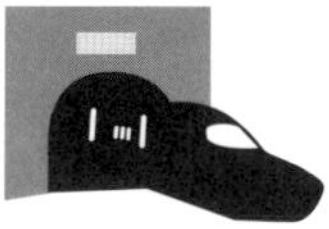

「水に流されて、作業員の人は死んだりしなかったの？」
私《わたし》はおじいちゃんに聞いた。
「この時は、幸い無事《ぶじ》だったんだよ。でもね、青函《せいかん》トンネルの工事では、三十四人もの人が亡《な》くなっているんだ。」
ほった土砂《どしゃ》を運ぶ時に、運搬車《うんぱんしゃ》がバランスをくずして倒《たお》れ、運転していた人がトンネルの壁《かべ》とのあいだにはさまれて亡《な》くなったり、溶接《ようせつ》作業中に、突然《とつぜん》機械《きかい》の鉄パイプが破裂《はれつ》して命をうばわれたりした人もいた。くずれた土砂《どしゃ》の下じきになった人。掘削機械《くっさくきかい》に巻《ま》きこまれてしまった人。海面からの作業中に、船が転覆《てんぷく》して亡《な》くなった人もいた。

「昨日《きのう》までいっしょに働《はたら》いていた仲間《なかま》たちが、翌日《よくじつ》にはいないんだからね。どんなにつらかったか。それでも男たちは歯を食いしばって、トンネルをほり続《つづ》けたんだよ。」

おじいちゃんのその言葉に、私《わたし》は胸《むね》がしめつけられた。

その時、窓《まど》の外が急に光った。

「あっ！」

「ああ、やっと出たね！　長かったなぁ、青函《せいかん》トンネル。」

そのあとも、短いトンネルが続《つづ》いていく。

「本坑《ほんこう》がつながったのは、一九八五（昭和《しょうわ》六十）年三月十日。忘《わす》れられない日だよ。本坑《ほんこう》だけでも、貫通《かんつう》するまで、ほり始めてから十四年かかったんだ。貫通《かんつう》点はダイナマイトで爆破《ばくは》したんだ。作業員たちは、お祝《いわ》いの酒だるを担《かつ》いで貫通《かんつう》した場所を通ったんだよ。」

たずさわった作業員はのべ約《やく》千四百万人。青函《せいかん》トンネルは、文字どおり、彼《かれ》らの血と汗《あせ》の結《けっ》

晶《しょう》なのだ。

「二十年以上《いじょう》かけて、みんなが命がけでつくったトンネルを、私《わたし》たち、たった二十五分くらいで通っちゃったんだね。」

私《わたし》がそうつぶやくと、おじいちゃんはにっこり笑《わら》った。

「そうだね。でも、それが彼《かれ》らの願《ねが》いだったんだと思うよ。安全に、そしてはやく、北海道《ほっかいどう》と本州《ほんしゅう》とを結《むす》ぶ交通手段《しゅだん》をつくって、みんなに便利《べんり》になってほしかったんだ。でもこのトンネルをつくろうとがんばったたくさんの人がいたことを、おじいちゃんは決して忘《わす》れてはいけないと思う。」

私《わたし》は決めた。来年の夏休みに函館《はこだて》に遊びに行く時も、青函《せいかん》トンネルを通って行こう。もう一度、じっくり通ってみたい。それまでに、自分でも青函《せいかん》トンネルのことを調べてみよう。

新幹線《しんかんせん》はすぐに、奥津軽《おくつがる》いまべつ駅に着いた。新青森《しんあおもり》駅まで、もうすぐだ。

# 青函トンネルをもっと知ろう！

## 青函トンネルの物知り博士《はかせ》になれるかも！

### 長さは新幹線《しんかんせん》で決まった!?

全長が五十三・八五キロメートルの青函《せいかん》トンネルは、当初《とうしょ》、在来《ざいらい》線《せん》の電車の規格《きかく》で設計《せっけい》されていたため、今よりも短い長さを予定していた。

しかし、一九六四（昭和《しょうわ》三十九）年に東海道新幹線《とうかいどうしんかんせん》が開業したことにより、全国的《てき》に新幹線《しんかんせん》を建設《けんせつ》する機運《きうん》が高まったことで、新幹線《しんかんせん》規格《きかく》に設計変更《せっけいへんこう》され、現在《げんざい》の長さになったのである。

### 世界が絶賛《ぜっさん》した測量技術《そくりょうぎじゅつ》とは

トンネルは距離《きょり》や角度、高さなどを測定《そくてい》する測量《そくりょう》をしてから掘削《くっさく》していく。青函《せいかん》トンネルもまた、測量《そくりょう》をして北海道《ほっかいどう》と青森《あおもり》県からトンネルの掘削《くっさく》を進め、中央で開通させた。二つの点が線でつながった瞬間《しゅんかん》だ。すごいのは、つながった時の誤差《ごさ》がなんと二センチメートルしかなかったこと。五十三・八五キロメートルの長さでのこの誤《ご》差《さ》は今でも世界で評価《ひょうか》される高度な測量技術《そくりょうぎじゅつ》である。

測量機器《そくりょうきき》を使い二百メートル～三百メートルごとにほり進みながらくり返し測量《そくりょう》を行い、正確《せいかく》な方向や高さを確認《かくにん》した努力《どりょく》の成果《せいか》でもある。

当時の測量《そくりょう》の様子。

青函《せいかん》トンネル
# 数字で見るびっくりメモ

**149.5**
**メートル**

## 吉岡海底駅《よしおかかいていえき》

世界初《はつ》の海底《かいてい》駅である青函《せいかん》トンネルの吉岡海底《よしおかかいてい》駅（現在《げんざい》は営業終了《えいぎょうしゅうりょう》）は日本一低《ひく》い場所にあった駅。海面から 149.5 メートル下の場所にある。

**85**
**万トン**

## セメントの量《りょう》

青函《せいかん》トンネルで使用したセメントの量《りょう》はなんと約《やく》 85 万トン。大きなアフリカゾウのオス 12 万 1500 頭ほどにも匹《ひっ》敵《てき》する重さだ。

**−256.6**
**メートル**

## 一等水準点《すいじゅんてん》

一等水準点《すいじゅんてん》とは、地形や建物《たてもの》の高さをはかる時の基準《きじゅん》になる標識《ひょうしき》。青函《せいかん》トンネルの中には日本一低《ひく》い一等水準点《すいじゅんてん》がある。海面から 256.6 メートル下、つまり− 256.6 メートルの位置《いち》に設置《せっち》された一等水準《すいじゅん》点《てん》である。

**52.57**
**キロメートル**

## ロングレール

ロングレールとは、レールとレールを溶接《ようせつ》してレール のつぎ目をなくし、200 メートル以上《いじょう》の長さにしたレールのこと。青函《せいかん》トンネルには、トンネルの全長に近い 52.57 キロメートルのレールがしかれているのだ。

**17**
**万トン**

## 鋼材《こうざい》の量《りょう》

使われた鉄などの鋼材《こうざい》の量《りょう》は約《やく》 17 万トン。東京《とうきょう》タワーが 42 基建《きた》てられる量《りょう》だ。

# 第三話

# 中尊寺金色堂《ちゅうそんじこんじきどう》

**（岩手《いわて》県）**

## 輝《かがや》く金色《こんじき》に導《みちび》かれ、
## 平和で平等な世界を！

金色堂《こんじきどう》を風雨から保護《ほご》するため建設《けんせつ》された新覆堂《ふくどう》

# 敵《てき》の子

岩手《いわて》県の平泉町《ひらいずみちょう》の丘《おか》の上に、中尊寺《ちゅうそんじ》というお寺がある。杉《すぎ》の古木に囲《かこ》まれた参道《さんどう》を行くと、境内《けいだい》には本堂《ほんどう》や大日堂《だいにちどう》など、いくつもの建物《たてもの》が点在《てんざい》している。その中でも、奥《おく》まった場所にひっそりとあるのが、金色堂《こんじきどう》という御堂《みどう》だ。一一二四（天治元《てんじ》）年に建立《こんりゅう》された。金箔《きんぱく》や、光る貝がらを使った螺鈿細工《らでんざいく》、宝石《ほうせき》や象牙《ぞうげ》もふんだんに使ってつくられた金色堂《こんじきどう》の美しさには、見る者だれもがため息をつく。

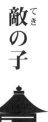

この御堂《みどう》を建《た》てたのは、平安《へいあん》時代末期《まっき》に東北地方を平定した武将《ぶしょう》、藤原清衡《ふじわらのきよひら》だ。きらびやかな金色堂《こんじきどう》は、清衡《きよひら》の富《とみ》と強さをひけらかしたものでは決してない。そこには、彼《かれ》の強い願《ねが》いがこめられていた。

時は一〇八三（永保《えいほう》三）年、奥六郡《おくろくぐん》（現在《げんざい》の岩手《いわて》県奥州《おうしゅう》市から盛岡《もりおか》市）では、清原真衡《きよはらのさねひら》という武将《ぶしょう》が勢力《せいりょく》をふるっていた。

約《やく》二十年前まで、この地域《ちいき》では安倍氏《あべし》という一族が支配《しはい》していたが、あまりに大きな力を持ってしまった安倍氏《あべし》に朝廷《ちょうてい》はおそれを感じ、安倍氏《あべし》を倒《たお》すために源頼義《みなもとのよりよし》という武士《ぶし》を、※陸奥《むつ》へ※国司《こくし》として送ったのだ。

その源頼義《みなもとのよりよし》に味方したのが、真衡《さねひら》の祖父《そふ》だった。おかげで、十年以上《いじょう》に渡《わた》った戦《たたか》いは終わり、安倍氏《あべし》は倒《たお》れた。戦《いくさ》で手柄《てがら》を立てた清原家《きよはら》は、真衡《さねひら》の代になっても、この地域《ちいき》で大きな力を持っていたのである。ところが、真衡《さねひら》は後継《あとつ》ぎの息子にめぐまれなかった。そこで真衡《さねひら》は、成衡《なりひら》という養子《ようし》をむかえ、やがて息子を結婚《けっこん》させた。

「成衡殿《なりひらどの》のご婚礼《こんれい》、まことにおめでとうございます！」

お祝《いわ》いに、親類《しんるい》や知人が、多くの贈《おく》り物を届《とど》けてきた。強い力を持っている清原家《きよはら》の祝《いわ》いごとを、放ってはおけない。金銀や絹《きぬ》の布《ぬの》、馬や鞍《くら》など、様々な貢物《みつぎもの》が届《とど》けられた。

その中に、一族の吉彦秀武《きみこのひでたけ》という老人《ろうじん》がいた。年はもう七十歳《さい》にもなる。高い山々を越《こ》えた出羽国《でわのくに》（現在《げんざい》の山形《やまがた》県と秋田《あきた》県）からわざわざやってきて、朱塗《しゅぬ》りの盤《ばん》に砂金《さきん》を山のように盛《も》

※陸奥《むつ》　現在《げんざい》の青森《あおもり》、岩手《いわて》、宮城《みやぎ》、福島《ふくしま》の各《かく》県の全域《ぜんいき》と秋田《あきた》県の一部。
※国司《こくし》　朝廷《ちょうてい》から派遣《はけん》された地方をおさめる役人。

り、それを高くかかげて、真衡《さねひら》の家の庭にひざまずいていた。

「このたびはおめでとうございます。お祝《いわ》いの品を、どうぞお受けとりください。」

ところが、真衡《さねひら》はその顔を見ようともしない。自分のそばに仕えている僧《そう》を相手に、囲碁《いご》に夢中《むちゅう》だったのだ。吉彦秀武《きみこのひでたけ》は、頭上に砂金《さきん》をささげ持ったまま、長いこと待たされ続《つづ》けた。腕《うで》もふるえてくるが、それより怒《いか》りでふるえてくる。

「そなたのような若造《わかぞう》が力を持てたのは、わしがあの戦《いくさ》で良《よ》い働《はたら》きをしたからだ！　わしも一族の者なのに、このように家来のようにあつかわれるとは。ええい、もうがまんならん！」

とうとう秀武《ひでたけ》は砂金《さきん》を庭にぶちまけ、祝《いわ》いにと持ってきた酒や食べ物を家来たちにくれて、怒《おこ》りながら出羽《でわ》へ帰っていった。真衡《さねひら》はといえば、囲碁《いご》の勝負がついて庭を見ると、そこに砂《さ》金《きん》がちらばっている。事情《じじょう》を聞くと、こちらも怒《おこ》った。

「なんと無礼《ぶれい》なことを。それが私《わたし》に対する態度《たいど》なのか。今すぐ兵《へい》を集めろ！　あのおいぼれを討《う》つぞ！」

真衡《さねひら》が自分を攻《せ》めるために出羽《でわ》へ軍《ぐん》を進めるらしいと知った秀武《ひでたけ》は、大いにあわてた。数で

勝《まさ》る真衡軍《さねひらぐん》と戦《いくさ》をしても、勝てる見こみなどない。秀武《ひでたけ》はしばらく考え、

「おお、そうだ！　あの者たちを味方につけよう！」

と思い立った。

秀武《ひでたけ》は、急いでふたりの男に手紙を送った。ひとりは、清原清衡《きよはらのきよひら》。もうひとりは清原家衡《きよはらのいえひら》。ふたりは、真衡《さねひら》の弟だ。

「そなたたちは、真衡《さねひら》にばかりに権力《けんりょく》が集まる今の状況《じょうきょう》を、どう考えているのか？　昔は、清《きよ》原《はら》一族皆《みな》で力を合わせていたのに、今ではみんな真衡《さねひら》の家来のようにあつかわれている。くやしくないのか？　真衡《さねひら》が私《わたし》を攻《せ》めてくるらしい。たのむから、そのすきに、あいつの館《やかた》を焼《や》き払《はら》い、妻子《さいし》をうばってくれ。そうすれば、あいつは力を失《うしな》うだろう。」

清衡《きよひら》と家衡《いえひら》は、秀武《ひでたけ》からの書状《しょじょう》を受けとると、喜《よろこ》んで兵《へい》をあげ、真衡《さねひら》の館《やかた》へ向かった。この三兄弟（真衡《さねひら》・清衡《きよひら》・家衡《いえひら》）の真ん中、清原清衡《きよはらのきよひら》こそが、後に中尊寺《ちゅうそんじ》金色堂《こんじきどう》を建《た》てる藤原清衡《ふじわらのきよひら》である。

清衡《きよひら》は、少年時代から、兄の真衡《さねひら》をきらっていた。ふたりは血がつながっていない。清衡《きよひら》は、

清原《きよはら》家の養子《ようし》だったのである。しかも、もとは敵《てき》の子だったのである。

真衡《さねひら》の祖父《そふ》が安倍氏《あべし》を倒《たお》した戦《たたか》いで、清衡《きよひら》は父を殺《ころ》された。清衡《きよひら》の父、藤原経清《ふじわらのつねきよ》は安倍軍《あべぐん》の要《かなめ》となる武将《ぶしょう》で、戦《いくさ》で負け、首をきられたのである。大好《す》きだった父を殺《ころ》された七歳《さい》の清衡《きよひら》は、母につれられ、敵《てき》に引きとられた。真衡《さねひら》の父が、清衡《きよひら》の母を妻《つま》にしたからだ。

「母上の美しさに、殺《ころ》すのがおしかったんだろう。」

清衡《きよひら》はそう思っていた。安倍氏《あべし》からうばった新しい領土《りょうど》をおさめるために、安倍氏《あべし》の血を引く清衡《きよひら》の母を妻《つま》にしたいという、政略結婚《せいりゃくけっこん》でもあったのだろうが。

清衡《きよひら》がくらし始めた清原《きよはら》家には、すでに家をつぐ息子がいた。それが、兄となった真衡《さねひら》だ。

人前では礼儀《れいぎ》正しくしているが、清衡《きよひら》を見る目はひどく冷《つめ》たかった。

「敵《てき》の子が、よく恥《は》ずかしくもなく、清原《きよはら》を名乗れるな。」

周囲《しゅうい》がかげ口をたたくたび、真衡《さねひら》はかばうふりをしながら、こういった。

「生きるためだから、しかたない。」

清衡《きよひら》は、くちびるをかんでたえた。自分が問題を起こせば、母が困《こま》る。母は、真衡《さねひら》の父とのあいだに自分の弟を産《う》み、そちらにかかりっきりだ。その弟が、家衡《いえひら》である。

「もし長男の真衡《さねひら》に何かあれば、清原《きよはら》家のあとをつぐのは、私《わたし》ではなく、義父《ぎふ》の血が流れる家《いえ》衡《ひら》だろう。私《わたし》はなんのために、この家で生きていくのか……。」

清衡《きよひら》は、そんな思いをいだきながら、複雑《ふくざつ》な兄弟関係《かんけい》の中で育ったのである。

## 殺《ころ》された妻子《さいし》

「なんだと？　兄上が死んだ？」

吉彦秀武《きみこのひでたけ》を討《う》とうと出羽《でわ》に向かっていた真衡《さねひら》が急に死んだと聞き、清衡《きよひら》はおどろきをかくせなかった。死因《しいん》は病気だという。

「このように突然《とつぜん》死ぬ病とは、いったいなんなのだ……。」

少し前、清衡《きよひら》と家衡《いえひら》は、おじの秀武《ひでたけ》の話に乗って、真衡《さねひら》を討《う》ちにいった。真衡《さねひら》の支配《しはい》する村で四百軒《けん》もの家を焼《や》き払《はら》い、おどろいて戻《もど》ってきた真衡《さねひら》からいったんはのがれたが、またも兄の留守《るす》をねらって戦《いくさ》をしかけていた。ところが、館《やかた》を守っていた真衡《さねひら》の養子《ようし》成衡《なりひら》に、陸奥《むつ》の国《こく》司《し》が味方をしたので、あっさり負けたところだったのだ。

「ともかく、これで戦《たたか》う相手はいなくなったな。」

清衡《きよひら》と家衡《いえひら》は、国司《こくし》にそのことを申し出た。その国司《こくし》とは、源義家《みなもとのよしいえ》である。二十年前の戦《いくさ》で、清原氏《きよはらし》の力を借《か》りて安倍氏《あべし》を倒《たお》した、源頼義《みなもとのよりよし》の長男だ。義家《よしいえ》は、真衡《さねひら》の支配《しはい》していた奥六郡《おくろくぐん》を、清衡《きよひら》と家衡《いえひら》にわけあたえた。真衡《さねひら》の養子《ようし》の成衡《なりひら》はといえば、養父《ようふ》の死で、力を失《うしな》っていった。

三兄弟の末《すえ》っ子家衡《いえひら》は、三つの郡《ぐん》をわけあたえられ、兄の清衡《きよひら》に対して不満《ふまん》を持った。

「兄上は、父と血がつながっていない。それなのに、自分と同じだけ領土《りょうど》をあたえられるなんておかしい。第一、兄上のもらった土地の方が、実りが豊《ゆた》かではないか。」

おもしろくない家衡《いえひら》は、やがてこう考えた。

「兄上さえいなければ、全てが私《わたし》のものになる。」

そして、兄の清衡《きよひら》を殺《ころ》してしまおうと決めたのだ。

ところが、暗殺《あんさつ》計画は事前にばれ、清衡《きよひら》はにげてしまった。それを知った家衡《いえひら》は怒《おこ》った。

「館《やかた》を燃《も》やしてしまえ！」

しばらくして館《やかた》に戻《もど》った清衡《きよひら》は、がくぜんとした。館《やかた》は炭と化し、焼《や》けあとから、妻《つま》と子どもたち、そして家来たちまで、死体となって発見されたのだ。清衡《きよひら》は声を上げて泣《な》いた。

「なんというひどいことを！」

父がちがうとはいえ、同じ母から生まれた弟に、こんな仕打ちを受けるとは……。悲しみは、やがて激《はげ》しい怒《いか》りとうらみに変《か》わった。

「義家殿《よしいえどの》、私《わたし》は弟の家衡《いえひら》を倒《たお》す！　力を貸《か》してください！」

源義家《みなもとのよしいえ》は、清衡《きよひら》に同情《どうじょう》しているふりをしたが、内心ではしめしめと思っていた。

「清原《きよはら》家が内輪《うちわ》もめで勢力《せいりょく》を失《うしな》えば、我《われ》ら源氏《げんじ》の力が強まるだろう。」

義家《よしいえ》は、これをねらって、もともと清原《きよはら》家ではない清衡《きよひら》を有利《ゆうり》に、兄弟にあたえる土地をわけていたのだ。さっそく義家《よしいえ》は大軍《たいぐん》をひきいて、家衡《いえひら》の立てこもる沼柵《ぬまのさく》という砦《とりで》へと向かっていった。

## 千任《ちとう》の大演説《えんぜつ》

「家衡《いえひら》よ、良《よ》くやった！　あの源義家《みなもとのよしいえ》と戦《たたか》って追い返すとは、あっぱれだ！」

家衡《いえひら》をほめているのは、おじの清原武衡《きよはらのたけひら》だ。

「ありがとうございます、おじ上。義家《よしいえ》の兵《へい》は、冬の寒さに慣《な》れておりませぬ。たくさんの兵《へい》がこごえ死んだそうです。」

「わっはっは。そうかそうか。」

大軍をひきいて攻《せ》めてきた義家《よしいえ》・清衡《きよひら》の連合軍《れんごうぐん》だったが、結局《けっきょく》、家衡《いえひら》の立てこもる沼柵《ぬまのさく》を落とすことができなかった。武衡《たけひら》は大喜《よろこ》びで、家衡《いえひら》のさかずきに酒をそそいだ。

「そなたが名を上げることは、おじである私《わたし》の名が高まることでもある。わしも、大いに味方するぞ。さっそくだが、提案《ていあん》じゃ。きっとやつらはまた攻《せ》めてくる。金沢柵《かねざわのさく》の方が、この沼柵《ぬまのさく》よりもさらに戦《いくさ》に有利《ゆうり》なのではないか？」

金沢柵《かねざわのさく》という砦《とりで》は、自然《しぜん》の要塞《ようさい》だ。家衡《いえひら》は、そのすすめにしたがい、兵《へい》を金沢柵《かねざわのさく》へと移《うつ》した。

義家《よしいえ》は、武衡《たけひら》が家衡《いえひら》に味方したと知って、ひどく怒《おこ》った。けれど、この寒さでは、都ぐらしの兵《へい》たちはたえられない。やがて、春がきて雪がとけ、東北にも遅《おそ》い夏がやってくるのを待ちかねたように、義家《よしいえ》と清衡《きよひら》は、再《ふたた》び金沢柵《かねざわのさく》へ向けて攻《せ》めていった。

金沢柵《かねざわのさく》は、けわしく切り立った岩山にある砦《とりで》だ。たどり着ける道は一本しかない。近づくと、上から弓矢が雨のように降《ふ》ってくる。義家《よしいえ》・清衡軍《きよひらぐん》は、木でこしらえた盾《たて》をかまえ、その矢をさけながら、じりじりと進んでいった。義家軍《よしいえぐん》の武者《むしゃ》のひとりが、その盾《たて》から身を乗り出した時だ。するどく飛《と》んできた弓が、片目《かため》につきささった。

「うっ!」

血しぶきが飛《と》ぶ。痛《いた》みで、両目とも開けてはいられない。男はそれでも、その矢を折《お》りとると、激痛《げきつう》をこらえ、敵《てき》へ射返《いかえ》した。そうかと思えば、もうひとりの猛者《もさ》は、弓をかいくぐって、砦《とりで》の門の近くまで攻《せ》め寄《よ》った。すると、その男めがけて、巨大《きょだい》な石が落とされた。

「うわっ!」

寸前《すんぜん》で気《き》づいた男は、身をよじって石をよけたが、その石は、男のかぶっていたかぶとに当たり、払《はら》い落とした。幸い頭部は無事《ぶじ》だったが、たばねていた髪《かみ》が一瞬《いっしゅん》でほどけたほどだ。難《なん》攻不落《こうふらく》の砦《とりで》とは聞いていたが、これではどんなに攻撃《こうげき》しても、むだに犠牲《ぎせい》者が増《ふ》える一方だ。

「このようにろう城《じょう》されては、思うように戦《いくさ》ができぬ。」

義家《よしいえ》はイライラしていた。すると、義家《よしいえ》・清衡側《きよひらがわ》の味方についていた吉彦秀武《きみこのひでたけ》が、こう助言した。

「しばらく攻撃《こうげき》せずに、見ていてはどうか?」

義家《よしいえ》には、その言葉の意味がわからなかった。清衡《きよひら》がかわりにたずねた。

「それでどうするというのです?」

秀武《ひでたけ》はにやりと笑《わら》った。

「こちらから入れないということは、あちらからも出られないということだ。放っておけば、そのうち食料《しょくりょう》が尽《つ》きて、敵《てき》は降参《こうさん》するわい。」

「なるほど!」

義家《よしいえ》は大喜《よろこ》びだ。清衡《きよひら》も、「それならむだに血を流すこともないな」と、秀武《ひでたけ》の策《さく》に感心した。

そして、義家《よしいえ》と清衡《きよひら》たちは、家衡《いえひら》たちの立てこもる金沢柵《かねざわのさく》をとり囲《かこ》み、様子を見るだけにしたのだ。

それから何日もすぎた。兵糧攻《ひょうろうぜ》めに気《き》づいた家衡側《いえひらがわ》は困《こま》ったが、どうしようもない。

しばらくたったある日。砦《とりで》のやぐらの上に、ひとりの年老《としお》いた男が姿《すがた》を見せた。それは、家《いえ》衡《ひら》の守り役をしていた千任《ちとう》という男だった。

何かと思って見上げる義家軍《よしいえぐん》に向かって、千任《ちとう》は大声でこういった。

「よく聞け！　そなたの父親の源頼義《みなもとのよりよし》が安倍氏《あべし》を討《う》てたのは、我《わ》が主君、清原武則殿《きよはらのたけのりどの》の助けを借《か》りたからではないか！　その力がなければ、そなたの父親には、勝ち目はなかったのだ！」

右手に持ったおうぎの柄《え》をふりながら、声はますます大きくなる。

「その恩《おん》にむくいるのが人というものだろう！　それなのに、このように武衡殿《たけひらどの》、家衡殿《いえひらどの》を攻《せ》めるとは！　そなたのような者は、天のばつを受けるにちがいない！」

清衡《きよひら》はそれを聞くと、思い出した。清衡《きよひら》の父は安倍軍《あべぐん》の武将《ぶしょう》で、今、千任《ちとう》のいった戦《いくさ》で殺《ころ》さ

れたのだ。父を死に追いやったのは、今、自分の味方となって応援《おうえん》してくれている義家《よしいえ》の父であり、今、戦《たたか》っている家衡《いえひら》の祖父《そふ》なのだ。

義家軍《よしいえぐん》の兵士《へいし》たちは、主《あるじ》の義家《よしいえ》をののしった千任《ちとう》に向かって、

「このじじい、何をいうか！」

と怒《おこ》り、弓矢をかまえた。しかし、義家《よしいえ》はそれを止め、ぞっとするような静《しず》かな声でこういった。

「だれでも良《よ》い、やつを必《かなら》ず生けどりにしろ。」

## 恐《おそ》ろしい策《さく》

また冬がやってきた。寒さに慣《な》れた清衡《きよひら》でもつらいのに、都《みやこ》からやってきた義家軍《よしいえぐん》の兵士《へいし》たちは、北国の寒さにたえられない。

「まもなく今年も大雪が降《ふ》るぞ。そうなったら、我《われ》らはこごえて死んでしまうだろう。」

皆《みな》、寒さにふるえながら、自分たちの妻《つま》や子に向けて、「これをお金にかえて、おまえたち

は京へ帰れ」と手紙をかき、よろいや馬を送り始めた。

そんなころだ。ある日、砦《とりで》の戸が静《しず》かに開いたと思ったら、女や子どもたちが出てきた。ふるえているのは寒さだけではない。恐《おそ》ろしくてたまらないのだ。

「家衡《いえひら》め、いよいよ食べ物が尽《つ》きたな。」

清衡《きよひら》はこれで戦《いくさ》が終わると、ほっとした。

義家軍《よしいえぐん》の兵士《へいし》たちも喜《よろこ》んで、彼女《かのじょ》たちに道を開けてやる。敵《てき》が何もしないので、女も子どももほっとして、砦《とりで》の中からそれを見ていた他の女たちも、安心して続々《ぞくぞく》と外へ出始めた。

すると、またも吉彦秀武《きみこのひでたけ》が義家《よしいえ》にこうささやいた。

「この女や子たちを、殺《ころ》してしまおう。」

義家《よしいえ》はおどろいた。

「なぜそのようなことをするのじゃ?」

「なんとむごいことを!」

清衡《きよひら》も秀武《ひでたけ》の言葉にあきれてしまった。すると、秀武《ひでたけ》はこういった。

「おそらく敵《てき》は、食料《しょくりょう》が残《のこ》りわずかなのじゃ。人を減《へ》らすために妻子《さいし》を出したのにちがいない。見せしめにこの者たちを殺《ころ》せば、皆《みな》、恐《おそ》ろしさに砦《とりで》へにげ帰るはず。そして二度と出てこないだろう。そうなれば、少ない食料《しょくりょう》があっという間に尽《つ》きる。男たちも、自分らだけ食って、妻《さい》子《し》に食わせないということは、できないからのぉ。」

そういって不気味《ぶきみ》に笑《わら》う秀武《ひでたけ》に、義家《よしいえ》はますます感心し、兵《へい》にこう命じた。

「女も子どももようしゃするな。出てきた者の首をきれ！」

そこからは地獄《じごく》だった。兵士《へいし》たちは、武器《ぶき》も持たぬ幼子《おさなご》に弓を放ち、にげる女を後ろからきりつけた。

「ぎゃ――――！」

息たえた母にしがみつき泣《な》きさけぶ子を、別《べつ》の女がだき上げる。

「はやく！　はやくにげるのよ！」

髪《かみ》や着物をふりみだして、砦《とりで》の門へとかけこもうとするが、足のはやい男の兵士《へいし》にかなうわけもない。女も子どもも次々ときりつけられた。

清衡《きよひら》は、この惨状《さんじょう》に目をおおいたかった。自分の妻子《さいし》は家衡《いえひら》の軍《ぐん》に殺《ころ》されたが、今、自分たちも、罪《つみ》のない女子どもに同じことをしているのだ。

かつて、家衡《いえひら》と共《とも》に、真衡《さねひら》の治《おさ》める村をおそった時のことも、今さらながらくやまれる。罪《つみ》のない村人を家族もろとも殺《ころ》して、あんなことをする必要《ひつよう》があったのか!?

それから数日後の夜のことだ。義家《よしいえ》は家来をひとり呼《よ》び、こう命じた。

「敵《てき》は、今夜落ちる。兵士《へいし》たちのいる仮家《かりや》に火をつけ、その火にあたって体をあたためるようにいえ。」

この寒さに仮家《かりや》まで失《うしな》えば、今夜は良《よ》くても、明日にはこごえ死にだと思ったが、主《あるじ》の命令《めいれい》である。男は全ての仮家《かりや》に火をつけた。

すると夜が明けるころ、義家《よしいえ》のいうとおり、本当に家衡《いえひら》たちの立てこもっていた金沢柵《かねざわのさく》は、完全《かんぜん》に落ちたのだ。

義家軍《よしいえぐん》は、弱りきった敵陣《てきじん》へふみこみ、館《やかた》に火をつけてまわった。餓死《がし》寸前《すんぜん》の人々にとどめをさし、にげまどう人たちも残《のこ》らず殺《ころ》した。砦《とりで》の内外には、いたるところに死体が転がり、馬もたくさん死んでいる。

家衡《いえひら》は、めし使いの服を着てにげ出した。武衡《たけひら》は、池に入って頭まで沈《しず》めてかくれていたが、間もなく見つかり、義家《よしいえ》の前に引きずり出された。義家《よしいえ》は、ずぶぬれの武衡《たけひら》を見おろしていった。

「そなたの父、清原武則《きよはらのたけのり》は、いやしい家柄《いえがら》だったのに、私《わたし》の父のおかげで、とり立ててもらえたのではないか！　それを、このように謀反《むほん》を起こすとは、何事か！」

「お願《ねが》いです。お助けください。一日でいい。たった一日、命を長らえさせてください……。」

すると義家《よしいえ》はいい放った。

「生けどりにされ、泣《な》いて命をおしむなど、武士《ぶし》のすることではないわ。殺《ころ》してしまえ！」

そうして武衡《たけひら》は、あっさり首をきられてしまったのだ。

そこへ引き立てられてきたのは、やぐらの上から大演説《えんぜつ》をぶった、あの千任《ちとう》である。目の前に、主《あるじ》である武衡《たけひら》の首が転がっているのを見て、千任《ちとう》はわなわなとふるえた。

「そなた、このあいだいったことを、今ここでもう一度いってみろ。」

義家《よしいえ》の言葉に、千任《ちとう》は頭が地面につくほどうなだれ、ふるえて、何もいえない。義家《よしいえ》は家来に命じた。

「こいつの舌《した》をぬいてしまえ！」

千任《ちとう》は必死《ひっし》に抵抗《ていこう》したが、あっという間に舌《した》を切られてしまった。

力なく地面に転がった千任《ちとう》を、義家《よしいえ》はまだ許《ゆる》さなかった。手を後ろでしばりつけたまま千任《ちとう》を木にぶらさげ、その足元に、武衡《たけひら》の首を置《お》いたのだ。

「さあ、どうだ？　そなたの力が尽《つ》きれば、主《あるじ》の頭をふむことになるぞ。」

千任《ちとう》は、ぷるぷるとふるえながら、必死《ひっし》に足を上げて、武衡《たけひら》の首をさけようとしている。血といっしょに涙《なみだ》が流れ、止まらなかった。あまりのざんこくな仕打ちに、清衡《きよひら》は見ていられなかった。この戦《いくさ》は、自分がたのんで始めたことなのだ。

「義家殿《よしいえどの》、これはいくらなんでも……。」

そういいかけた時、千任《ちとう》は力尽《つ》き、主《あるじ》の首をふんでしまい、号泣《ごうきゅう》した。義家《よしいえ》は、大喜《よろこ》びでこういった。

「あとは、家衡《いえひら》の首だけだ。」

変装《へんそう》をしてにげていた家衡《いえひら》も、間もなくつかまり、その首が義家《よしいえ》のもとへ届《とど》けられた。

義家《よしいえ》は、首をとった者を大いにほめたが、清衡《きよひら》は苦しい気持ちだった。目の前にあるのは、血の気を失《うしな》った弟の首である。父がちがうとはいえ、同じ母にだかれた家衡《いえひら》が、このような姿《すがた》になるとは……。

## 平和を願《ねが》って

長かった戦《いくさ》は、こうして終わった。

義家《よしいえ》は、東北の騒動《そうどう》をしずめたことを朝廷《ちょうてい》に報告《ほうこく》したが、

「それはおまえが勝手に起こした戦《たたか》いで、朝廷《ちょうてい》とは関係《かんけい》ない。」

とされ、なんのほうびももらえなかった。そこで、都に持ち帰るはずの家衡《いえひら》や武衡《たけひら》らの首を道《みち》端《ばた》に捨《す》て、京へと帰っていったのだ。

残《のこ》った清衡《きよひら》は、どうしたはずみか、東北の覇者《はしゃ》となり、清原氏《きよはらし》、そしてもとは安倍氏《あべし》の支配《しはい》

下だった土地も手に入れた。姓《せい》を、もとの「藤原《ふじわら》」に戻《もど》し、館《やかた》を平泉《ひらいずみ》へと移《うつ》したが、その心はいつまでたっても晴れない。

「戦《いくさ》は恐《おそ》ろしい。こんなにもむごいことが他にあろうか……。」

二度の戦《いくさ》で体験《たいけん》した、かけがえのない家族や、敵味方《てき》の兵士《へいし》たちの死。そして、その戦《いくさ》に巻《ま》きこまれて命を落とした罪《つみ》のない庶民《しょみん》たちのことが心に重くのしかかった。

さらには、おろかな人間の争《あらそ》いのぎせいとなった馬や、ふみつけられた生き物たちの死にも、責任《せきにん》を感じずにはいられなかった。清衡《きよひら》は長いこと、深く考えた。

「戦《いくさ》は、もう二度と起こしてはならない。その原因《げんいん》は、人間の怒《いか》りやにくしみだ。そのような気持ちをなくすものはなんだろう。」

清衡《きよひら》の出した答えは、仏教《ぶっきょう》だった。

一一〇五（長治《ちょうじ》二）年、清衡《きよひら》は、中尊寺《ちゅうそんじ》というお寺を建《た》て始め、約《やく》二十年をかけて、要《かなめ》となる御堂《みどう》や塔《とう》を完成《かんせい》させた。清衡《きよひら》は、中尊寺《ちゅうそんじ》を建《た》てるにあたり、このような言葉をかき残《のこ》している。それは、命を大切にし、平和を願《ねが》った清衡《きよひら》の思いだった。

——この鐘《かね》の音は、あらゆる世界にひびきわたり、だれにでも平等に、苦悩《くのう》を去って、安楽をあたえてくれる。攻《せ》めてきた都の軍隊《ぐんたい》も、えぞとさげすまれ攻《せ》められたこの地の人たちも、戦《たたか》いに倒《たお》れた人は昔から今まで、どれくらいあっただろうか。いや、人間だけではない。動物や、鳥や、魚や、貝も、この※みちのくにあっては、生活のため、都へのみつぎもののために、数えきれない命が、今もぎせいになっている。その魂《たましい》は皆《みな》次の世界へ旅立っていったが、くちた骨《ほね》は今なおこの地のちりとなって、うらみを残《のこ》している。

鐘《かね》の声が大地をひびかせ動かすごとに、心ならずも命を落とした霊魂《れいこん》を※浄土《じょうど》に導《みちび》いてくれますように。——(紙本墨書中尊寺建立供養願文《しほんぼくしょちゅうそんじこんりゅうくようがんもん》一部抜粋《ばっすい》　口語訳《こうごやく》　大矢邦宣《おおやくにのり》)

清衡《きよひら》は、この世の全ての命の平等と救《すく》いを願《ねが》い、中尊寺《ちゅうそんじ》を建《た》てたのだ。そして、当時の面影《おもかげ》を残《のこ》している唯一《ゆいいつ》の建物《たてもの》が、金色堂《こんじきどう》である。まばゆく輝《かがや》くその御堂《みどう》は、仏《ほとけ》に導《みちび》いてほしい極楽《ごくらく》浄土《じょうど》の様子を表現《ひょうげん》したものだった。

藤原清衡《ふじわらのきよひら》は、金色堂完成《こんじきどうかんせい》後、一一二八(大治《だいじ》三)年に七十三歳《さい》でこの世を去った。その亡骸《なきがら》は、金色堂《こんじきどう》の中で長い眠《ねむ》りにつき、今も世界の平和と平等を願《ねが》っている。

**※みちのく**　陸奥《むつ》のこと。
**※浄土《じょうど》**　仏《ほとけ》が住む欲望《よくぼう》や苦しみのない世界。

おもしろ雑学《ざつがく》3

# 四寺廻廊《しじかいろう》

**四寺廻廊《しじかいろう》は決まった四つの寺の御朱印《ごしゅいん》を集めることだよ！**

## 御朱印《ごしゅいん》とは

神社や寺に参拝《さんぱい》した証《あかし》として、御朱印《ごしゅいん》帳という帳面にいただく印《いん》を御朱印《ごしゅいん》という。

本来、参拝《さんぱい》者が写経《しゃきょう》といって、仏《ほとけ》の教えをかきうつしたものを寺におさめた時にいただく印《いん》だったが、今は納経《のうきょう》しなくても参拝《さんぱい》の証《あかし》としていただけるようになった。印《いん》の他に寺の名前や参拝《さんぱい》した日付《ひづけ》などを墨《すみ》でかいてあるものが一般《いっぱん》的《てき》である。

中尊寺《ちゅうそんじ》では御朱印《ごしゅいん》が通常《つうじょう》より大きいので中尊寺《ちゅうそんじ》専用《せんよう》の御朱印《ごしゅいん》帳がある。

## 四寺廻廊《しじかいろう》はどの寺をまわる？

四寺廻廊《しじかいろう》は中尊寺《ちゅうそんじ》の他、中尊寺《ちゅうそんじ》と同じ岩手《いわて》県西磐井郡《にしいわいぐん》にある毛越《もうつう》寺《じ》、宮城《みやぎ》県宮城郡《みやぎぐん》にある瑞巌寺《ずいがんじ》、山形《やまがた》県山形《やまがた》市にある宝珠山立石寺《ほうじゅさんりっしゃくじ》の四つの寺で御朱印《ごしゅいん》をいただく。

御朱印《ごしゅいん》を集める順番《じゅんばん》は決まっておらず、どの寺からまわっても良《よ》い。全てを集めると大願成就《たいがんじょうじゅ》するといわれている。

この四つの寺には江戸《えど》時代の俳《はい》人《じん》松尾芭蕉《まつおばしょう》も訪《おとず》れている。芭蕉《ばしょう》の句《く》として有名な「閑《しずか》さや岩にしみ入る蝉《せみ》の声」は、宝珠山立石寺《ほうじゅさんりっしゃくじ》でよまれた句《く》である。

松尾芭蕉《まつおばしょう》の句碑《くひ》。

# 第四話

# 旧《きゅう》済《さい》生《せい》館《かん》本館

**（山形《やまがた》県）**

## 山形《やまがた》に西洋の進んだ医療《いりょう》を！

旧済生館《きゅうさいせいかん》本館の背面《はいめん》にある回廊《かいろう》と中庭

# 病院の始まり

山形《やまがた》駅西口を出て徒歩《とほ》十五分ほど、霞城《かじょう》公園の一角に、風変《ふうが》わりな建物《たてもの》がひっそりと建《た》っている。正面からは三層《そう》の塔《とう》、上から見るとドーナツ形。洋風といえば洋風、和風といわれればそのようにも見える、なんとも不思議《ふしぎ》な建物《たてもの》だ。

「山形《やまがた》市郷土館《きょうどかん》」という役割《やくわり》を担《にな》っているこの建物《たてもの》は、もともと病院の本館だった。

その名も「済生館《さいせいかん》」。建《た》てられたのは一八七八（明治《めいじ》十一）年である。

山形市街《やまがたしがい》を焼《や》いた火事、そして第二次世界大戦《たいせん》※の空襲《くうしゅう》からものがれ、長年の風や雪にもたえてきたこの建物《たてもの》は、どんな歴史《れきし》を歩んできたのか。

時代を一八七三（明治《めいじ》六）年までさかのぼろう。済生館《さいせいかん》の建《た》つ五年前のことだ。

「なんでこんなことになってしまったんだ……。」

※**第二次世界大戦《たいせん》**　1939年から始まり、1945年8月日本の降伏《こうふく》で終わる戦争《せんそう》。

今の山形県《やまがたけん》東部に位置《いち》する天童村《てんどうむら》で、とある大きな屋敷《やしき》から、人々のなげき悲しむ声がひびいていた。布団《ふとん》には、幼子《おさなご》がぐったりとして動かない。家族がその体にすがって泣《な》くのを、くちびるをかみしめて見つめる男がいた。この地域《ちいき》の有力者、佐藤伊兵衛《さとういへえ》だ。

佐藤《さとう》家は、旧江戸幕府《きゅうえどばくふ》の役人が宿泊《しゅくはく》先にしたほどの屋敷《やしき》を持つ、金持ちの商人だった。しかし、病は豊《ゆた》かな人も貧《まず》しい人も容赦《ようしゃ》しない。伊兵衛《いへえ》の大切な孫《まご》は重い病気にかかり、医者が薬の使い方をまちがったせいで、あっけなく死んでしまったのだ。

家族や親せきは、そのやぶ医者を心底《しんそこ》にくんだ。しかし伊兵衛《いへえ》は、にくしみよりくやしさでいっぱいだった。

「村にきちんとした病院さえあったら、こんなことにならなかったのだ……。」

江戸《えど》から明治《めいじ》の初《はじ》めごろ、医者は現代《げんだい》とはまるでちがっていた。将軍《しょうぐん》家や諸大名《しょだいみょう》に仕えていた「奥医師《おくいし》」や「藩医《はんい》」という立派《りっぱ》な医師《いし》がいる一方、ちまたには、病気や治療《ちりょう》の知識《ちしき》などほとんどないのに医者を名乗り、いいかげんな治療《ちりょう》をする者も大勢《おおぜい》いた。資格《しかく》がなくてもだれでも医者になれたため、なんのおとがめもない。患者《かんじゃ》の方も、※祈祷《きとう》やおはらいで病気が治《なお》ると

※祈祷《きとう》　神や仏にいのること。

信《しん》じる人がまだ少なくなかった時代である。

愛《あい》する孫《まご》の死に打ちのめされた伊《い》兵《へ》衛《え》はこう決めた。

「他の人が二度とこのような思いをしないように、村に病院をつくろう。」

さっそく、江《え》戸《ど》時代に旧天童藩《きゅうてんどうはん》の藩医《はんい》だった人に相談し、親せきにも資金《しきん》を出してもらって、伊《い》兵《へ》衛《え》は天童《てんどう》村に私立《しりつ》病院をつくった。これが、後に済生館《さいせいかん》となる病院の始まりだった。

数人の医者をやとって動き出した病院だったが、天童《てんどう》はひどく田舎《いなか》だった。病院を維持《いじ》するには、何かと不便《ふべん》だ。そこで病院は、近くの山形《やまがた》へ移《うつ》ることになり、山形《やまがた》県の許《ゆる》しを得《え》て、私《し》立《りつ》病院から公立病院として新たなスタートを切ったのである。

ちなみに、この時の「山形《やまがた》県」は、現在《げんざい》の山形《やまがた》県とは少しちがう。

江《え》戸《ど》幕《ばく》府《ふ》を倒《たお》した明治《めいじ》新政府《せいふ》は、一八七一（明治《めいじ》四）年、これまであった「藩《はん》」をやめて、府《ふ》や県にする「廃藩置県《はいはんちけん》」を行った。その時、現在《げんざい》の山形《やまがた》県は七つの県にわかれていて、病院が移転《いてん》した「山形《やまがた》県」は、その中の一つだった。やがて、県は三つにまとめられたが、一八七六（明治《めいじ》九）年、ついに鶴岡《つるおか》・山形《やまがた》・置賜《おきたま》の三県がまとめられて、現在《げんざい》の山形《やまがた》県となった。

そこへやってきたのが、山形《やまがた》県初代県令《しょだいけんれい》、三島通庸《みしまみちつね》。「県令《けんれい》」とは、今でいう県知事のことだ。三島《みしま》は、薩摩藩《さつまはん》（現在《げんざい》の鹿児島《かごしま》県）の出身。天皇《てんのう》を尊《とうと》び、江戸幕府《えどばくふ》を倒《たお》す運動に参加《さんか》し、明治《めいじ》の時代となったこの時、新政府《せいふ》の役人として、この地をまかされたのだ。

「山形《やまがた》の町を、明治《めいじ》の新しい世にふさわしいものにするぞ！」

三島《みしま》はそう意気ごんでいた。彼《かれ》の登場で、病院の未来《みらい》も大きく変《か》わっていくのである。

## 美しい三層楼《そうろう》

三島《みしま》が県令《けんれい》となったころ、統一《とういつ》された山形《やまがた》県に引きつがれた病院は工事中だった。前年の冬に火事が起こり、燃《も》えてしまったために、建《た》てかえていたのである。やがてできあがった病院を見て、三島《みしま》は思った。

「この病院の設備《せつび》は、まだまだ不完全《ふかんぜん》だな。大勢《おおぜい》の患者《かんじゃ》を収容《しゅうよう》するにも、院内がせますぎる。もっと立派《りっぱ》で近代的《てき》な病院にしなければ。」

その考えを聞かされた病院長は大賛成《さんせい》だ。

「お金をとって患者《かんじゃ》をみるだけでなく、救済院《きゅうさいいん》として、社会のためになるような施設《しせつ》にしたいと思います。」

と、病院に勤《つと》める人たちと共《とも》に、一か月分の給料《きゅうりょう》を病院改築《かいちく》のために寄付《きふ》した。

こうした協力《きょうりょく》もあって、二年後の一八七八（明治十一《めいじ》）年、病院の増改築《ぞうかいちく》が始まった。

「これは、ずいぶんと変《か》わった建物《たてもの》だね。」

人々は、じょじょにできていく病院を見ておどろいた。大工の棟《とう》りょうたちが、木を使って、のこぎりやカンナといった道具で建《た》てているのに、今まで見慣《みな》れている日本の建物《たてもの》とはまるでちがうからだ。めずらしい建物《たてもの》に興味《きょうみ》しんしんで、弁当持参《べんとうじさん》で見物にきている人もいる。

「なんでも西洋風なんだそうな。棟《とう》りょうに聞いたんだが、東京《とうきょう》や横浜《よこはま》で建物《たてもの》を見てきて、それをまねてつくっているそうだよ。」

三島県令《みしまけんれい》は、県庁街《けんちょうがい》に建《た》てる建物《たてもの》は、全て西洋風にすると決めていた。この病院の設計《せっけい》にあたっても、病院長と県の職員《しょくいん》を東京《とうきょう》や横浜《よこはま》へ派遣《はけん》し、陸軍《りくぐん》の病院や、東京《とうきょう》大学の医学部病院、横浜《よこはま》にあるイギリス海軍《かいぐん》の病院などを見学させて、参考《さんこう》にさせていた。

平屋だと思っていた病院は、高さを増《ま》し、ついに三層《そう》になった。一階は、上から見ると八角形。正面前側《まえがわ》は、柱があるけれど壁《かべ》がなく、外部に開け放ってあった。日本の家では考えられないつくりだ。見物にきていた人が大工に声をかけた。

「おーい棟《とう》りょう！　この玄関《げんかん》のところはなんだね？」

「ベランダというものだよ。西洋の建物《たてもの》の特徴《とくちょう》らしい。」

「へえ～。なんだか知らないが、開けっ広《ぴろ》げで、冬は寒いだろうに。」

二階は十六角形の広間だ。ドーム型《がた》の大きな屋根が乗っている。その上にさらに三階があり、そこは八角形の小部屋で、部屋と同じくらい広いベランダがつき出していた。

「あんなに高いところまで、はしごでのぼるのかね？　大変《たいへん》だ。」

そう話す見物客に、大工は笑《わら》ってこういった。

「二階から上には、らせん階段《かいだん》でのぼるんだよ。」

「らせん階段《かいだん》？　なんだねそれは？」

「かたつむりのからを上から見たような、うず巻《ま》き状《じょう》のはしごさ。一段《だん》一段《だん》の板に、美しい彫《ちょう》刻《こく》がされているんだ。」

一階の背面《はいめん》には、十四角形のドーナツ状《じょう》にぐるりと回廊《かいろう》がある。そこには八つの部屋があり、病院の診療《しんりょう》室になるそうだ。何を聞いても初《はじ》めてのことで、人々はおどろくばかりだった。

そんなある日、建物《たてもの》を見つめる人の中に、異国《いこく》の女性《じょせい》があらわれた。西洋人など見たことない人々がえんりょのない視線《しせん》を向けたが、女性《じょせい》は気にせず、お供《とも》の通訳《つうやく》に聞いた。

「これはなんの建物《たてもの》ですか？」

「病院だそうです。百五十人もの患者《かんじゃ》を収容《しゅうよう》できるそうで、医学校も併設《へいせつ》されるそうです。」

「とても立派《りっぱ》な建物《たてもの》ですね。ほとんど完成《かんせい》しているじゃないですか。」

それは、イギリス人の旅行作家イザベラ・バードだった。横浜《よこはま》から北海道《ほっかいどう》への旅の途中《とちゅう》、山《やま》形《がた》を通ったのだ。イザベラは、この町の美しさに感心していた。

「日本にはめずらしく、重みのある県都だわ。通りも広くて清潔《せいけつ》だし。」

大通りの正面には県庁《けんちょう》が堂々《どうどう》とそびえ、灰色《はいいろ》の家並《いえな》みの中で白く輝《かがや》いている。裁判所《さいばんしょ》も師範《しはん》学校も、警察署《けいさつしょ》も博物館《はくぶつかん》も、そしてこの病院も、建物《たてもの》は皆《みな》調和がとれて美しいながめだったのだ。

そのどれもが、三島県令《みしまけんれい》の考えで建《た》てられたものだった。三島《みしま》は、それまで山形《やまがた》の人々がだれも見たことのなかった近代的《てき》な建物《たてもの》を建《た》て、町を一新したかった。そうすれば、明治《めいじ》が、江戸《えど》とは全くちがう新しい時代なのだということを人々に教えられる。それは明治政府《めいじせいふ》の力を、人々に見せつけることでもあるのだ。

「うわ～、きれい！」

三層《そう》の塔《とう》の窓《まど》にはめられた色ガラスが、夕方の太陽に映《は》え、その美しいきらめきに思わず声が上がる。

「おれは三島県令《みしまけんれい》の建《た》てた建物《たてもの》の中で、この三層楼《そうろう》が一番好《す》きだよ。異国《いこく》からも見にくる人がいるほど美しいんだからね。完成《かんせい》したら、早く通いたいよ。」

「おいおい、ここは病院だよ。病気になりたいってことかい？　あははは。」

こうして、人々が親しみをこめて「三層楼《そうろう》」と呼《よ》ぶこの病院は、建《た》て始めてわずか七か月で完成《かんせい》し、翌年《よくねん》の一八七九（明治《めいじ》十二）年一月に、晴れて開院したのである。

# 青い目のお医者さん

一八八〇（明治《めいじ》十三）年、美しく整備《せいび》された山形《やまがた》の町に、長身で豊《ゆた》かなひげをたくわえた外国人男性《だんせい》がやってきた。街道沿《かいどうぞ》いの人々がおどろいて見つめる中、三層楼《そうろう》へと入っていくその人はアルブレヒト・フォン・ローレッツ。オーストリア出身の医師《いし》だった。

「ここが私《わたし》の働《はたら》く病院か。」

ローレッツは、建物《たてもの》の正面を見上げた。何やら文字の刻《きざ》まれた看板《かんばん》がかかげられている。ローレッツには読めないが、そこには「済生館《さいせいかん》」という言葉が刻《きざ》まれていた。病院改築《かいちく》にあたり、三《み》島県令《しまけんれい》は院内にかかげる額《がく》に何かかいてほしいと、時の※太政大臣《だじょうだいじん》、三条実美《さんじょうさねとみ》に依頼《いらい》したのだ。

そして三条《さんじょう》が筆を持ってかいたのが、「済生館《さいせいかん》」の文字だったのである。

「済生館《さいせいかん》。命を救《すく》う館《やかた》という意味ですね。まさにこの病院にぴったりの言葉です。」

三島《みしま》は大いに喜《よろこ》び、病院の名前を「山形《やまがた》県公立病院済生館《さいせいかん》」と決めたのだ。

**※太政大臣《だじょうだいじん》** 天皇《てんのう》を直接《ちょくせつ》補佐《ほさ》する役所の長官《ちょうかん》。

ローレツは三島県令《みしまけんれい》にやとわれ、この病院で患者《かんじゃ》の診療《しんりょう》にあたりながら、併設《へいせつ》の医学校で西洋医学を教えるために、山形《やまがた》へとやってきたのである。

「どんな田舎《いなか》かと思ったが、町並《まちな》みは横浜《よこはま》に似《に》て美しいじゃないか。くらしやすそうだ。」

ローレツは、ウィーン大学の医学部を卒業《そつぎょう》。ドイツ医学を学んだ医学博士《はかせ》だった。若《わか》いころから日本に興味《きょうみ》を持ち、一八七四（明治《めいじ》七）年、二十八歳《さい》の時に来日した。

四か月ものあいだ西日本のあちこちを旅してまわり、一八七五（明治《めいじ》八）年に横浜《よこはま》の外国人居留地《きょりゅうち》で病院を始め、愛知《あいち》県の病院に招《まね》かれて働《はたら》いたこともある。親身になって日本人患者《かんじゃ》の診察《しんさつ》にあたったことから、横浜《よこはま》での仕事ぶりは新聞にとり上げられたこともあった。「きらわれていた西洋医学、だんだん信用《しんよう》される」と。

それまで日本では、病気は、体全体の調和がくずれることなどで起こると考えられ、漢方薬やお灸《きゅう》、はりなどを用いてその人自身の治《なお》ろうとする力を引き出し、ゆっくりと自然《しぜん》な回復《かいふく》を待つという治療《ちりょう》が一般的《いっぱんてき》だった。けれど欧米《おうべい》で発達《はったつ》した医学では、病気は、臓器《ぞうき》などに問題が起こることで発症《はっしょう》し、手術《しゅじゅつ》や薬でその原因《げんいん》をとりのぞくことではやく治《なお》すという考え方だった。

医師《いし》は内科や外科《げか》、さらに眼科《がんか》・皮膚科《ひふか》・消化器科《しょうかきか》など、専門《せんもん》とする治療《ちりょう》分野がわかれていた。ローレッツの専門《せんもん》は、内科と外科《げか》である。さっそく山形《やまがた》での生活が始まった。朝から医学校で生徒《せいと》を指導《しどう》し、十二〜十四時に授業《じゅぎょう》を終えると、空いた時間は診察《しんさつ》や治療《ちりょう》だ。

「次の方、どうぞ。」

※看護婦《かんごふ》に呼《よ》ばれて診察室《しんさつ》に入った親子は、「えっ！」とおどろいて腰《こし》をぬかしそうになった。目の前に、白衣《はくい》を着た青い目の外国人がいるではないか。

「どうしましたか？」

と、ローレッツはにこにこしながら、片言《かたこと》の日本語で聞いた。

「えー、えーっと……」と、どぎまぎする親に、看護婦《かんごふ》は笑顔《えがお》でいった。

「オーストリアからいらしたローレッツ先生です。立派《りっぱ》な先生ですから、安心してください。」

「こ、この子がひどく腹《はら》を下しまして。一昨日《おととい》の夜から高い熱《ねつ》が引かなくて……。」

そばにひかえた通訳《つうやく》が、ローレッツの耳元で患者《かんじゃ》の言葉を伝《つた》えると、ローレッツは子どもに笑《わら》いかけた。

**※看護婦《かんごふ》** 看護婦《かんごふ》という呼《よ》び方は、2001(平成《へいせい》13)年の法改正《ほうかいせい》にともない「看護師《かんごし》」に変更《へんこう》された。

「わかりました。口を開けてください。まずはのどの様子をみましょうね。」

三層楼《そうろう》の青い目のお医者さんは、たちまち町の人気者になった。

子どもたちはローレッツの住まいをのぞいたり、病院へ通う馬のあとをついていったりした。

「ローレッツ先生、おはようございます！」

「はい、おはよう！」

「へ、へ、へくしょん！」

「おやおや、君は風邪《かぜ》かな？　具合が悪かったら、あとで病院へいらっしゃい。」

病院には、優《やさ》しくてていねいなローレッツの診療《しんりょう》を受けたくて、患者《かんじゃ》がおし寄《よ》せてくる。

ある日診療《しんりょう》室に入ってきたのは、新聞記者だった。ローレッツの評判《ひょうばん》を聞き、どこも具合が悪くないのに、ひやかしで受診《じゅしん》したのである。

「ちょっと体がだるいんです。」

という男を診察《しんさつ》すると、ローレッツはほほ笑《え》んだ。

「あなたの病気を治《なお》すのは、とても難《むずか》しいですね。」

「えっ⁉」

記者はびっくりぎょうてんだ。まさか自分が本当に病気だったなんて。

「血のめぐりが悪く、呼吸《こきゅう》も荒《あ》れています。それに口臭《こうしゅう》がひどい。あなたは体を動かすこともなく、不潔《ふけつ》な部屋にこもって暴飲暴食《ぼういんぼうしょく》をしているでしょう。病名は、なまけ病です。治療法《ちりょうほう》のない、恐《おそ》ろしい病気ですよ。反省《はんせい》して、きちんとした生活をするように。」

それを聞いて、記者は真っ赤になって頭をかき、帰っていったのだ。

もちろん、本当に病気の人もたくさんやってきた。病院はいつも混雑《こんざつ》し、ローレツも日本人の医師《いし》たちも熱心《ねっしん》に診療《しんりょう》にあたった。

けれど、ある時とうとう忙《いそが》しさに音を上げ、病院は、

「本館には患者《かんじゃ》があふれています。来院される方は、二〜三日前に申し出てください。」

と、こんな広告《こうこく》を新聞に出したほどだった。

## 三層楼《そうろう》を守れ！

六十年あまりの月日がすぎ、ローレッツが故郷《こきょう》へ戻《もど》ってからも、済生館《さいせいかん》は東北地方の代表的《てき》な病院としてそこにあり続《つづ》けた。しかし一九四一（昭和《しょうわ》十六）年、日本は※太平洋戦争《せんそう》に突入《とつにゅう》する。各地《かくち》で空襲《くうしゅう》が激《はげ》しくなると、山形《やまがた》の人々は心配そうに美しい塔《とう》を見上げるようになった。

「三層楼《そうろう》は目立つから、敵機《てっき》の爆撃《ばくげき》の目標《もくひょう》にされるぞ。あそこに爆弾《ばくだん》が落とされたら大変《たいへん》だ。病気やケガをしても、治療《ちりょう》してくれる場所がなくなってしまうよ。」

それは軍《ぐん》の関係《かんけい》者にとってもなやみの種《たね》で、とうとう「三層楼《そうろう》はとりこわそう」という話が持ち上がった。

「昔の面影《おもかげ》を残《のこ》す三層楼《そうろう》を、こわすなんて考えられない！」

「三層楼《そうろう》は、私《わたし》たちの誇《ほこ》りなんだ！　明治《めいじ》時代から残《のこ》っているのは、済生館《さいせいかん》と師範《しはん》学校だけなんだからな。」

**※太平洋戦争《せんそう》**　1941～1945年に起こった、アメリカ、イギリスを中心とする連合国《れんごうこく》と日本とのあいだで戦《たたか》われた戦争《せんそう》。

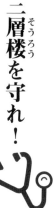

市民《しみん》は猛《もう》反対した。済生館《さいせいかん》と同じ時期に三島県令《みしまけんれい》が建《た》てた建物《たてもの》は、二度の大火で焼《や》けてしまい、済生館《さいせいかん》は大事な遺産《いさん》だったのだ。

その済生館《さいせいかん》では、わずかな人数の女性医師《じょせいいし》や看護婦《かんごふ》が奮闘《ふんとう》している。男性《だんせい》の医師《いし》たちは、皆《みな》軍医《ぐんい》として戦争《せんそう》へかり出されてしまったからだ。山形《やまがた》は、全国の都市からにげ移《うつ》ってきた人々で、人口が一気に増《ふ》えていた。済生館《さいせいかん》では、医師《いし》や職員《しょくいん》、医薬品も足りない中、いつかもとどおりの病院になることを信《しん》じて、必死《ひっし》に診療《しんりょう》にあたっていたのだ。

山形《やまがた》市長は決断《けつだん》した。

「済生館《さいせいかん》は、三層《そう》部分より上だけをとりのぞこう。といっても、こわすわけではない。材料《ざいりょう》を保管《ほかん》しておいて、日本が戦争《せんそう》に勝ったら、またもとどおりに建《た》て直そう。」

一九四五（昭和《しょうわ》二十）年七月、三層楼《そうろう》の上部の撤去《てっきょ》が始まった。再《ふた》び組み立てる時のために、一枚《まい》一枚《まい》の板をていねいにとり外し、そこに番号をかいておく。そして、それらを院内の空き地に積《つ》んでいった。ところが……。

済生館《さいせいかん》から三層《そう》部分がなくなった数日後の八月十五日。病院で働《はたら》いていた人は、回廊《かいろう》の中庭に立ち、ラジオから流れる天皇《てんのう》の言葉に泣《な》いていた。日本が戦争《せんそう》に負けたのだ。

「無条件降伏《むじょうけんこうふく》だなんて、この先病院は、なくなってしまうのかしら……。」

けれどそれはいらぬ心配だった。なくなるどころか、病院は大変《たいへん》な忙《いそが》しさになったのだ。

「今日も栄養失調《えいようしっちょう》の患者《かんじゃ》さんがたくさんこられましたね。」

「うむ。食料《しょくりょう》の配給《はいきゅう》もままならないし、薬もろくにないのに、困《こま》ったものだな。」

家を焼《や》かれ都会から移《うつ》ってきた人や、※満州《まんしゅう》などから引きあげてきた人も、皆《みな》体が弱っている。負傷《ふしょう》した兵士《へいし》や、不衛生《ふえいせい》な環境《かんきょう》で寄生虫《きせいちゅう》におかされた人も多かった。

そんなある日、天然痘《てんねんとう》という恐《おそ》ろしい病の患者《かんじゃ》が見つかったのだ。死亡率《しぼうりつ》の高い感染症《かんせんしょう》で、体中にうみを持った水ぶくれができ、助かっても、体や顔に病気のあとが残《のこ》ってしまう。

「天然痘《てんねんとう》が広がったら、大変《たいへん》なことになるぞ！」

医師《いし》たちは大あわてで、院内にいる医師《いし》や患者《かんじゃ》、そしてこれから病院に入ろうとしている人に予防接種《よぼうせっしゅ》を行った。そうかと思えば、

「先生、高い熱《ねつ》がずっと下がらなくて、頭や体がひどく痛《いた》いんだ。」

**※満州《まんしゅう》** 現在《げんざい》の中国《ちゅうごく》東北部。当時多くの日本人が移住《いじゅう》していた。

「わかりました。胸《むね》を開いてください。聴診器《ちょうしんき》を当てますね。」

医師《いし》は、服をぬいだ患者《かんじゃ》の体を見て、ぎょうてんした。小さな発疹《はっしん》がたくさん出ていたからだ。

「こ、これは……」医師《いし》はあわててその患者《かんじゃ》を隔離《かくり》した。

「発疹《はっしん》チフスが出たぞ！」

それは、シラミ※の一種《いっしゅ》にさされることによって感染《かんせん》する病気だった。戦争《せんそう》が終わって大陸《たいりく》から帰ってきた人が発病し、まわりにうつしていったのだ。

亡《な》くなることもあるこの病気をくい止めるため、病院は別《べつ》の場所に隔離病棟《かくりびょうとう》をつくって患者《かんじゃ》を入れた。病棟《びょうとう》では毎日のように人が亡《な》くなり、入れかわるように、新たな患者《かんじゃ》がやってくる。

医師《いし》たちはシラミをよけるように服を重ね、ゴムぐつで病室へと入っていった。

「先生、おれを見放さないでくれ！　死にたくないよ！　やっと日本へ帰ってきたんだ。」

患者《かんじゃ》が泣《な》きながら医師《いし》にしがみついた。

「大丈夫《だいじょうぶ》です。死んだりしません。私《わたし》たちも決して見放したりしませんから！」

治療《ちりょう》を終えて病室から出ると、医師《いし》たちは服にシラミがついていないか、自分たちを調べて

※シラミ　人や動物に寄生《きせい》し、血を吸《す》う害虫《がいちゅう》。

まわった。こうした病気との戦《たたか》いで、医師《いし》や看護婦《かんごふ》の中にも感染者《かんせんしゃ》が出てしまった。それでも無事《ぶじ》だった人が必死《ひっし》に治療《ちりょう》し、まさに命がけで患者《かんじゃ》を救《すく》おうとがんばったのだ。

そうして病院が落ちつきをとり戻《もど》した時、気づけば、保管《ほかん》しておいた三層《そう》部分の材木《ざいもく》は行方《ゆくえ》がわからなくなっていた。戦後《せんご》の混乱《こんらん》の中で、なくなってしまったのである。

今、旧済生館《きゅうさいせいかん》本館は国の重要文化財《じゅうようぶんかざい》に指定されている。昭和《しょうわ》三十年代、病院は時代に合った新しい建物《たてもの》に改築《かいちく》されることになり、古びていた済生館《さいせいかん》本館はとりこわされる計画が立てられた。けれど、たくさんの人が反対し、現代《げんだい》に残《のこ》されたのだ。

ただ、その場所での保存《ほぞん》は難《むずか》しかったため、霞城《かじょう》公園の中に移築《いちく》された。その時に、失《うしな》った三層《そう》部分も写真をもとにして建《た》てられ、かつての姿《すがた》に戻《もど》されたのである。

そうして旧済生館《きゅうさいせいかん》本館は、「山形《やまがた》市郷土館《きょうどかん》」として生まれ変《か》わった。館内の展示《てんじ》からは、進んだ西洋医学を学び、人の命を救《すく》おうとした医師《いし》たちの努力《どりょく》が伝《つた》わってくる。

おもしろ雑学《ざつがく》

# 現存する昔の病院建《けん》築《ちく》

当時の医師や看護師たちが働《はたら》いた病院を見てみよう！

## 旧日野《きゅうひの》医院（大分《おおいた》県）

由布《ゆふ》市にある旧日野《きゅうひの》医院は一八九四（明治《めいじ》二十七）年に建《た》てられた、木造《もくぞう》二階建《だ》ての擬洋風建築《ぎようふうけんちく》である。

その特徴《とくちょう》をあらわすポーチは青緑色で柱頭に竜《りゅう》の彫刻《ちょうこく》があり、漆喰《しっくい》の白い壁《かべ》には左官職人《さかんしょくにん》によってえがかれた牡丹《ぼたん》と鷹《たか》の絵がほどこされている。牡丹《ぼたん》は「患者《かんじゃ》のことを優《やさ》しく思う心」、鷹《たか》は「するどいつめで病気を見ぬく」ことをあらわすという。

現在《げんざい》は、昔のままの診察《しんさつ》室や手術《しゅじゅつ》室、医療器具《いりょうきぐ》などの資料館《しりょうかん》となり、重要文化財《じゅうようぶんかざい》として大切に保存《ほぞん》されている。

旧日野《きゅうひの》医院本館。

壁《かべ》にえがかれた鷹《たか》と柱頭の竜《りゅう》の彫刻《ちょうこく》。

診察室《しんさつ》。

# 旧中野病院《きゅうなかの》（福岡《ふくおか》県）

久留米《くるめ》市花畑《はなばたけ》に建築《けんちく》中だった病院の本館部分を、浮羽郡柴刈村《うきはぐんしばかり》（現《げん》在《ざい》の田主丸町《たぬしまるまち》）出身の中野俊蔵《なかのとしぞう》医《い》師《し》が草野町《くさのまち》へ移築《いちく》し、一九一四（大《たい》正《しょう》三）年に完成《かんせい》したものといわれている。一九七七（昭和《しょうわ》五十二）年まで親子二代にわたり地域医療《ちいきいりょう》に貢献《こうけん》していた。

大型《おおがた》の病院建築《けんちく》で、正面中央部を二階建《だ》てとし、玄関《げんかん》上部にバルコニーをもうけている。二階の屋根から前面につき出した三角の形（ペディメント）が特徴的《とくちょうてき》である。

現在《げんざい》は「山辺道《やまべのみち》文化館」となり、地域《ちいき》の交流施設《しせつ》を併設《へいせつ》した展示施《てんじし》設《せつ》として活用されている。

二階の屋根のペディメント。

旧中野《きゅうなかの》病院診療棟《しんりょうとう》。

第五話

# 小《こ》岩《いわ》井《い》農場

(岩手《いわて》県)

## 不毛《ふもう》の原野が美しい農場になるまで

1907（明治《めいじ》40）年に建設《けんせつ》された一号サイロ（右）と
1908（明治《めいじ》41）年に建設《けんせつ》された二号サイロ（左）

# 見たこともない荒《あ》れ地

——私《わたし》は、岩手《いわて》県が誇《ほこ》る山、岩手山《いわてさん》。

私《わたし》のふもとに、とても大きな農場があることを知っているかい？

面積《めんせき》は約《やく》三千ヘクタールというから、東京《とうきょう》ドームが六百四十個《こ》も入る広さだ。

山林や牧草《ぼくそう》地からなるその農場の一角に、たくさんの古い建物《たてもの》が点在《てんざい》している。牛舎《ぎゅうしゃ》やとうもろこし小屋、家畜《かちく》の飼料《しりょう》をためておくサイロや、天然《てんねん》の冷蔵庫《れいぞうこ》まで、これらの建物《たてもの》が建《た》ったのは、明治《めいじ》から昭和初期《しょうわしょき》にかけてで、多くが今も使われているんだ。

農場の名は「小岩井《こいわい》農場」。日本各地《かくち》に乳製品《にゅうせいひん》を出荷し、観光客《かんこうきゃく》もたくさん訪《おとず》れる有名な農場だが、今から約《やく》百三十年前、その土地は、火山灰《かざんばい》が積《つ》もる不毛《ふもう》な荒《あ》れ地だった。私《わたし》はそんな土地が、日本有数の農場になるまでをずっと見てきたのさ。

これから話すのは、その記憶《きおく》の物語だ——。

一八八八（明治《めいじ》二十一）年、ひとりの男が、岩手《いわて》県知事石井省一郎《いしいしょういちろう》にともなわれ、岩手山《いわてさん》の南のふもとの地を通っていた。男の名は井上勝《いのうえまさる》。今、東京《とうきょう》駅の丸《まる》の内《うち》駅前広場にその銅像《どうぞう》が立ち、「鉄道の父」と呼《よ》ばれている人だ。

井上《いのうえ》は、一八七二（明治《めいじ》五）年に新橋《しんばし》─横浜《よこはま》間に日本で初《はじ》めての鉄道をしいた事業にも参加《さんか》し、この時は、明治政府《めいじせいふ》の鉄道局長官《きょくちょうかん》を務《つと》めていた。ちょうど東北本線をつくる工事の様子を見るために、岩手《いわて》を訪《おとず》れていた。

「網張温泉《あみはりおんせん》は、硫黄泉《いおうせん》でとてもいいお湯です。昔は勝手に入らないように網《あみ》がはられていたそうで、網張《あみはり》の名がついたといわれております。」

「そうですか、楽しみですな。」

仕事を終えた井上《いのうえ》は、石井《いしい》の案内《あんない》で山奥《やまおく》の温泉《おんせん》に向かっていた。その道すがら、後に小岩井《こいわい》農場となる地をたまたま通ったのである。

井上《いのうえ》は、目の前に広がる光景《こうけい》にとてもおどろいた。見渡《みわた》す限《かぎ》りの荒野《こうや》だ。季節《きせつ》は六月半ば。東北の春が遅《おそ》いとはいえ、もう地面が草におおわれていても良《よ》さそうなのに、そこにはすすきや萩《はぎ》などがところどころに生えている程度《ていど》だった。

「これほどまでにやせた土地を、私《わたし》は今まで見たことがない……。」

思わずつぶやいた井上《いのうえ》に、石井《いしい》は答えた。

「このあたりは、火山灰《かざんばい》に厚《あつ》くおおわれているんです。やせた土地でも生えるという松《まつ》一本、育たないんですよ。」

近隣《きんりん》の人々が馬のえさにする草を刈《か》っているらしいが、その草も大して生えず、利用法《りようほう》もないまま昔からほったらかしだという。それを聞いて、井上《いのうえ》は考えていた。

（私《わたし》はこれまで十数年、我《わ》が国の文明開化のためとはいえ、鉄道をしくために、たくさんの美しい田やすばらしい畑をつぶしてきた……。このような荒《あ》れ地がほったらかしになっているなら、そのうめ合わせにここを切り開き、農業のために役立つ土地に変《か》えようか。それは国のためにもなる。それこそ私《わたし》にふさわしい仕事かもしれない……。）

その晩《ばん》、井上《いのうえ》は温泉《おんせん》につかりながらも、ずっとそのことが頭からはなれなかった。

「それはすばらしい事業ですね！」

井上《いのうえ》の話を聞いてうれしそうにうなずいたのは、日本鉄道会社の副《ふく》社長、小野義真《おのぎしん》だ。大きな屋敷《やしき》に住みながらも、質素《しっそ》なくらしが好《す》きな男だが、一方で性格《せいかく》は大胆《だいたん》。細かいことに気を使わないたちである。井上《いのうえ》と小野《おの》はその日、ある宴会《えんかい》で顔を合わせていた。

「ただ、あの土地を開墾《かいこん》※するには、多額《たがく》の資金《しきん》がいるからね。今のところ、まったく現実味《げんじつみ》はないんだよ。」

そういった井上《いのうえ》に、小野《おの》は少し考え、にっこりと笑《わら》いかけた。

「いい人がいる。私《わたし》と同じ土佐《とさ》(現在《げんざい》の高知《こうち》県)の生まれの男だ。ほら、あそこにいます。さっそくしょうかいしましょう。」

小野《おの》が井上《いのうえ》に引き合わせたのは、岩崎弥之助《いわさきやのすけ》だった。三菱財閥《みつびしざいばつ》の創業《そうぎょう》者である岩崎弥太郎《いわさきやたろう》の弟である。三年前に弥太郎《やたろう》が病気で亡《な》くなり、まだ若《わか》い弥太郎《やたろう》の息子にかわって、二代目をついでいた。海運の仕事に加《くわ》え、銀行や造船《ぞうせん》など、会社の事業をいろいろな分野に広げていたところだった。

岩崎《いわさき》は、岩手《いわて》の荒《あ》れ地を農場にしたいという井上《いのうえ》の話を聞くと、すぐにこういった。

※開墾《かいこん》　山野を切り開いて新しく田畑にすること。

「それはいい。資金《しきん》は私《わたし》が出しましょう！」

「それは大変《たいへん》ありがたい。ですが、岩崎《いわさき》さん。そこは本当にひどい荒《あ》れ地で、開墾《かいこん》しても、すぐに利益《りえき》が出るとはいいきれないのです……。」

「いやいや、井上《いのうえ》さん。私《わたし》はこの話に、もうけを期待して投資《とうし》をするわけではありません。あなたの理想に共感《きょうかん》して、友として金を出すと申し上げているんですよ。」

「さすが、岩崎《いわさき》さんだ！」

小野《おの》も感動し、

「これで井上《いのうえ》農場も、夢《ゆめ》じゃありませんね！」

と井上《いのうえ》に笑《わら》いかけた。すると井上《いのうえ》は、「とんでもない」と首をふった。

「これは井上《いのうえ》農場なんかじゃありません。農場の名前は、おふたりと私《わたし》、三人の苗字《みょうじ》の頭をとって、つなげましょう。」

「井上《いのうえ》さんの井《い》に、岩崎《いわさき》さんの岩、小野《おの》の小か……。ということは、井岩小《いいわこ》？」

三人はにぎやかな宴会《えんかい》のかたすみで、腕組《うでぐ》みをして考えた。

「岩小井《いわこい》？」

「小岩井《こいわい》？」

「おー！　井上《いのうえ》さん、それがいい！　小岩井《こいわい》です！」

「いいひびきですよ、小岩井《こいわい》農場！」

「小岩井《こいわい》農場か……。」

あの不毛《ふもう》の地が一面緑の畑になることを想像《そうぞう》すると、井上《いのうえ》は胸《むね》の高鳴りをおさえることができなかった。

## 失敗《しっぱい》、また失敗《しっぱい》

一八九一（明治《めいじ》二十四）年、一月一日、ついに小岩井《こいわい》農場が誕生《たんじょう》した。出資《しゅっし》者は岩崎《いわさき》、小野《おの》は保証《ほしょう》人、そして井上《いのうえ》が経営《けいえい》者で、三人が創始《そうし》者だ。

井上《いのうえ》はまず、次のような開墾《かいこん》計画を立てた。

○荒《あ》れ地を耕《たがや》して、桑畑《くわばたけ》をつくる。

桑《くわ》は、蚕《かいこ》のえさになる。当時は蚕《かいこ》を飼《か》って、そのまゆから生糸《きいと》をとる養蚕《ようさん》が盛《さか》んで、生糸《きいと》は日本の代表的《てき》な輸出《ゆしゅつ》品だった。

○ひのきや杉《すぎ》、松《まつ》などを植え、防風《ぼうふう》植林地をつくる。

農場の土地は、山から「岩手《いわて》おろし」と呼《よ》ばれるきびしい風がふきつけ、乾《かわ》いた砂《すな》や土を巻《ま》き上げている。その風を防《ふせ》がないと、畑をつくっても作物が育たない。たくさんの木を植えて森をつくり、風を受け止めさせることで、畑へ風がふきつけるのを防《ふせ》ごうと考えたのだ。育てた木は、少しずつ伐採《ばっさい》すれば、材木《ざいもく》や薪《まき》として売ることができる。それも農場のもうけになる。

○土を耕《たがや》す牛や馬のために、放牧《ほうぼく》地をつくる。

当時は、ガソリンで動くような耕《こう》うん機《き》はない。土は、馬や牛に農具を引かせて、耕《たがや》すことになる。その大切な牛馬を養《やしな》うために、牧草《ぼくそう》を育てる放牧《ほうぼく》地は絶対《ぜったい》に必要《ひつよう》だ。牛や馬のふんは、畑を肥《こ》やすたい肥《ひ》にもなる。

○人間が住む場所をつくる。

農場で働《はたら》く人が住む家や、農業用の小屋、食べる野菜《やさい》を育てる菜園《さいえん》なども必要《ひつよう》だ。さらには、農業を行える借地《しゃくち》もつくる計画だった。

井上《いのうえ》は鉄道技師《ぎし》としての腕《うで》は天下一品だったが、農業に関《かん》しては全くのしろうとだ。そこで、知識《ちしき》や経験《けいけん》を持つ人に相談しながら、この計画を立てたのである。計画を実行するにも、まずやらなければならないのは荒《あ》れ地の開墾《かいこん》だ。その土地は、思った以上《いじょう》にひどい土だった。

大量《たいりょう》の火山灰《かざんばい》や岩が降《ふ》り積《つ》もり、だれも手をつけないまま、きびしい気候《きこう》におかれ続《つづ》けた土だ。そうして何百年も眠《ねむ》っていた土を、くだいて耕《たがや》さなければならない。土を肥《こ》やすたい肥《ひ》も入れ、植物が育つ土にしないと、何も始まらないのだ。農場の職員《しょくいん》はわずか三人。雪がとけると、近くの農村から人をやとって、まばらに生えていた低木《ていぼく》をとりのぞき、牛や馬に大きなくわを引かせて土を起こした。そのあとは人がくわをふるって、土のかたまりを一つ一つくだいていくしかない。

しかしこれでは、時間がかかりすぎる。やがてイギリス製《せい》の「スチームプラウ」という機械《きかい》がとり入れられた。それは、石炭を燃料《ねんりょう》に蒸気《じょうき》の力で動く、車輪《しゃりん》のついた大きな車だ。今でい

うトラクターで、巨大《きょだい》なすき※を引いて、ぐんぐんと荒《あ》れ地を進んでいく。

「世界には便利《べんり》なものがあるなぁ！　簡単《かんたん》に土が耕《たがや》せるぞ。」

「馬十頭分の仕事をするね。」

もくもくとけむりを上げて働《はたら》く機械《きかい》に、みんな大喜《よろこ》びしたが、まもなく思わぬ問題が起きた。

農場の土地は平らではなく、小さな丘《おか》がいくつもある。おまけに細い川が流れ、スチームプラウで耕《たがや》していると、すぐに障害物《しょうがいぶつ》にぶつかってしまうのだ。そのたび、重いスチームプラウをみんなで移動《いどう》させたり、向きを変《か》えたりしなければならなかった。

「イギリスの土地は平らなんだろうけど、この土地にこの機械《きかい》は向かないよ。」

「全くだ。これじゃあ、かえって手間がかかる。」

高価《こうか》な機械《きかい》もやがて使われなくなり、結局《けっきょく》牛馬と人力に逆戻《ぎゃくもど》りしたのである。

そうして耕《たがや》した土に、桑《くわ》の木を植えた。その数は、合計十五万本以上《いじょう》。ところが、

「また桑《くわ》が枯《か》れたぞ。どうしてだ？　何が悪いんだ？」

なんと、わずか一年のあいだに、二万本以上《いじょう》が枯《か》れてしまったのである。

**※すき**　土をほり起こす農具。深く耕《たがや》す作業などに適《てき》している。

報告《ほうこく》を受けた井上《いのうえ》は、わけがわからずなやんだ。

「寒さに強い品種《ひんしゅ》を選《えら》んだはずだ。肥料《ひりょう》もやって、きちんと世話をしたと聞いている。なんでこんなに枯《か》れるんだ？」

それでもどうにかとれた桑《くわ》の葉は、売りに出された。けれど、荷造《にづく》りや運ぶ手間賃《ちん》などもかさみ、大赤字になってしまったのである。

「もうけより、最初《さいしょ》に買った桑《くわ》の苗《なえ》の代金のほうが高かったって話だ。」

「それじゃあ、なんのために育てたのかわからない。」

農場の人たちは、つらかった仕事にもうけがなかったと知ると、すっかり落ちこんだ。

桑《くわ》だけではない。漆器《しっき》の材料《ざいりょう》をとろうとして植えた漆《うるし》の木十万本も、次々と枯《か》れていき、漆《うるし》栽培《さいばい》も失敗《しっぱい》に終わったのだ。風を防《ふせ》ぐために植えた松《まつ》や杉《すぎ》、くりやならなどはなんとか根づいているようだが、この先が心配だ。

「土が悪いのか？　気候《きこう》が向かないのか？　ともかく、桑《くわ》にしても漆《うるし》にしても、こんな状況《じょうきょう》が続《つづ》くなら、事業計画を見直すしかない。」

井上《いのうえ》は、桑畑《くわばたけ》の面積《めんせき》をもともとの計画の四分の一に減《へ》らし、放牧《ほうぼく》地を増《ふ》やし、とうもろこしなどを育てることにしたのである。

けれど、実際《じっさい》に働《はたら》いている農夫《のうふ》たちは、うんざりしていた。働《はたら》いても働《はたら》いても、喜《よろこ》べるような収穫《しゅうかく》がないので、やる気が起きない。こんな生活がいつまで続《つづ》くのだろう。

「桑《くわ》や漆《うるし》が枯《か》れるのは、おれのせいじゃないぞ。そもそもここは、植物が育つような土地じゃないんだよ。こんな仕事、やっていられない！」

たえきれず、ついには農場からにげ出す者もあらわれたのだった。

## 井上《いのうえ》の決心

井上《いのうえ》は、お金を出してくれた岩崎《いわさき》家に、そんな農場の様子を報告《ほうこく》していた。

そのころ岩崎《いわさき》家は、二代弥之助《やのすけ》から三代久弥《ひさや》に当主がかわっていたが、もうけが出るどころか、失敗《しっぱい》ばかりの話を聞いても、毎年貸《か》してくれる金を打ち切ろうとはしない。

八年たっても農場がうまくいかないので、井上《いのうえ》は責任《せきにん》を感じ、経営《けいえい》から退《しりぞ》くつもりでいた。

けれど、このままだやめるつもりはない。

「私《わたし》を応援《おうえん》してくれた岩崎《いわさき》さんのためにも、必《かなら》ず解決法《かいけつほう》を見つけなければ！」

井上《いのうえ》は、本業の鉄道の仕事が忙《いそが》しい中、必死《ひっし》に農場の問題を考えていた。

ある日井上《いのうえ》は、宮内省《くないしょう》（現在《げんざい》の宮内庁《くないちょう》）につとめる藤波言忠《ふじなみことただ》という知り合いに相談した。藤波《ふじなみ》は、そのころ千葉《ちば》県の成田《なりた》市にあった「※下総御料牧場《しもふさごりょうぼくじょう》」の経営《けいえい》にたずさわっていたのだ。

宮内省《くないしょう》が管轄《かんかつ》する下総御料牧場《しもふさごりょうぼくじょう》では、馬や牛、羊やぶたなどを生産《せいさん》。皇室《こうしつ》用の馬を育てたり、乳製品《にゅうせいひん》や肉を得《え》たり、羊毛をとったりしている。牧草《ぼくそう》や野菜《やさい》、穀類《こくるい》なども育てていて、藤波《ふじなみ》はそうした農場の経営《けいえい》に、もう十年近く関《かか》わっていた。

小岩井《こいわい》の地とはちがって、もともと草がたくさん生え、動物たちの日よけになるような樹林《じゅりん》地にめぐまれているなど条件《じょうけん》が良《よ》かった場所ではあるが、大いに成功《せいこう》している農場経営者《けいえいしゃ》に、井上《いのうえ》はなやみを打ち明けたのだ。

「……というわけで、何を育てても失敗続《しっぱいつづ》きなんですよ。農業の知識《ちしき》のあるものにまかせては

※下総御料牧場《しもふさごりょうぼくじょう》　栃木《とちぎ》県塩谷郡《しおやぐん》に移《うつ》り、そのあと地は現在《げんざい》、成田国際空港《なりたこくさいくうこう》になっている。

いるんだが、だめな理由がわからないので、どうにもできんのです。」

「わかりました。では、うちの農場長の新山《にいやま》という男を、小岩井《こいわい》に送って調べさせましょう。彼《かれ》は駒場《こまば》農学校の出身で、獣医《じゅうい》学《がく》の博士《はかせ》でもある。外国でも牧畜《ぼくちく》を学んできている男だから、きっと良《よ》い解決案《かいけつあん》を思いつきます。」

それからしばらくして、新山荘輔《にいやまそうすけ》は小岩井《こいわい》農場から戻《もど》り、調査《ちょうさ》の結果《けっか》を報告《ほうこく》した。

「小岩井《こいわい》の土地は畑をするには条件《じょうけん》が悪すぎます。土はひどくやせていて、そのうえ湿地《しっち》も多い。農耕《のうこう》に適《てき》した土地ではありません。」

わかってはいたが、井上《いのうえ》はひどくショックを受けた。思いつきでそんな土地に手を出し、たくさんの人を巻《ま》きこんでしまったのだ。

「ですが……。」

と、新山《にいやま》は報告《ほうこく》を続《つづ》けた。

「農場の中にはいくつも清流《せいりゅう》が流れていますし、すでに開墾《かいこん》された土地もずいぶんあります。畑ではなくて、畜産《ちくさん》ならば成功《せいこう》の見こみがあると思います！」

新山《にいやま》の力強い言葉に、井上《いのうえ》はひとすじの光を見る思いだった。

「私《わたし》は再《ふたた》び小岩井《こいわい》農場へ行き、しばらく滞在《たいざい》したいと思っているのですが、かまいませんか？　良《よ》ければ、あの土地で畜産《ちくさん》をするための計画を立ててみたいのです。」

新山《にいやま》は藤波《ふじなみ》をふり返った。

「よし、まかせたぞ！　井上《いのうえ》さん、良《よ》かったですね。我々《われわれ》の下総御料牧場《しもふさごりょうぼくじょう》だって、最初《さいしょ》は大変《たいへん》だったんです。まだたった八年だ。失敗《しっぱい》のうちに入りませんよ。望《のぞ》みはあります。」

井上《いのうえ》は藤波《ふじなみ》の言葉に、静《しず》かにほほ笑《え》んだ。でも、心は決まっていた。この希望《きぼう》を岩崎《いわさき》家に報告《ほうこく》し、自分は農場の経営《けいえい》から手を引こう。

（岩崎《いわさき》家が農場を閉《と》じると決めたら、それまでだ。やめてほしくはない。続《つづ》けてほしい。でもそれを決めるのは、もう私《わたし》ではない。）

# 農場の再《さい》出発

一八九八（明治《めいじ》三十一）年十一月、小岩井《こいわい》農場に三人の男の姿《すがた》があった。降《ふ》り出した雪が、木造倉庫《もくぞうそうこ》の屋根を白くおおっていく。ひとりは岩崎《いわさき》家三代目の岩崎久弥《いわさきひさや》。年齢《ねんれい》は三十代前半だ。

「聞いてはいたけれど、本当に寒さがきびしいね。」

マフラーに顔をうずめながら声をかけた相手は、外国人だった。トーマス・グラバーはイギリス人。エドウィン・ダンはアメリカ人。ふたりとも久弥《ひさや》よりずいぶん年上である。

グラバーは、一八五九（安政《あんせい》六）年に長崎《ながさき》にやってきて、貿易《ぼうえき》商として活躍《かつやく》した人で、この時は三菱財閥《みつびしざいばつ》の顧問《こもん》をしていた。現在長崎《げんざいながさき》に残《のこ》るグラバー邸《てい》は、彼《かれ》がくらした家だ。

一方のダンは、北海道《ほっかいどう》の開拓使《かいたくし》の農業技術指導《ぎじゅつしどう》者として来日した、農場や牧場《ぼくじょう》の専門《せんもん》家だ。北海道《ほっかいどう》を去ってからは駐日《ちゅうにち》公使も務《つと》め、その任期《にんき》を終えたばかりである。

久弥《ひさや》は、畜産《ちくさん》の進んだ国のふたりを小岩井《こいわい》に招《まね》き、この地が畜産《ちくさん》に適《てき》していると思うか、意見を聞きたかったのだ。グラバーとダンは、ふたりそろってその仕事に賛成《さんせい》した。寒くてやせた土地ではあるが、牧草《ぼくそう》ならば育つ。牛や羊を飼《か》うことはできるという。特《とく》に知識《ちしき》と経験《けいけん》があるダンの意見は説得力《せっとくりょく》があった。

「見てください。あそこに川があります。牧場《ぼくじょう》の中に水があるなら、水不足《みずぶそく》の心配もありません。」

ダンは、かつて指導《しどう》した札幌《さっぽろ》の牧場《ぼくじょう》で、飼育《しいく》する牛が増《ふ》えて水不足《みずぶそく》に困《こま》った経験《けいけん》がある。その時は用水路をつくり、川から水を引いたのだ。ダンのつくった用水路は札幌《さっぽろ》で初《はじ》めてのもので、牧場《ぼくじょう》だけでなく、後に水田もうるおすことになった。

「それにこの農場は、盛岡《もりおか》とさほどはなれていません。町が近ければ、牛乳《ぎゅうにゅう》やバターが売れるし、鉄道で運べば、はなれた町へも売ることができる。なかなか良《よ》い場所ですよ。」

商人のグラバーの話ももっともだ。ふたりの意見に、久弥《ひさや》は大いに満足《まんぞく》した。

「ところで久弥《ひさや》さん、あなたが自ら農業をするつもりですか？」

ダンが聞いた。久弥《ひさや》は自然《しぜん》とふれ合うのが大好《す》きで、よく馬にも乗っている。自分の別邸《べってい》で乳牛《にゅうぎゅう》を飼《か》っているほどで、もともと農業にとても興味《きょうみ》を持っていた。

「いや。運営《うんえい》は畜産《ちくさん》の専門家《せんもんか》にたのむつもりです。下総御料牧場《しもふさごりょうぼくじょう》の藤波《ふじなみ》さんと新山《にいやま》さんにね。」

国の役人が民間《みんかん》の仕事を助けるという話に、外国人ふたりはおもしろそうに笑《わら》った。日本では、牛や馬などを飼《か》って利益《りえき》をあげようとする大農場の経営《けいえい》は、お金がかかるけれど、うまくいっていない。もし、小岩井《こいわい》農場が成功《せいこう》すれば、それは国の利益《りえき》にもなるのだと、久弥《ひさや》は説明《せつめい》した。実際《じっさい》、藤波《ふじなみ》は監督《かんとく》として、新山《にいやま》は農場長として、この申し出を受けたのである。

こうして一八九九（明治《めいじ》三十二）年、小岩井《こいわい》農場は岩崎久弥《いわさきひさや》が引きつぎ、畜産《ちくさん》を主な仕事として、再《さい》出発をすることになった。

藤波《ふじなみ》と新山《にいやま》は、さっそく農場の放牧《ほうぼく》地を整備《せいび》し、牛や馬などのえさになる草やとうもろこしをつくり始めた。そして、下総御料牧場《しもふさごりょうぼくじょう》から子牛を産《う》ませるためのホルスタインのメス牛を買い、久弥《ひさや》が飼《か》っていたジャージーなどの牛も加《くわ》えて、三十頭あまりの牛たちを小岩井《こいわい》農場で飼《か》い始めた。さらに、近隣《きんりん》から質《しつ》の良《よ》い雑種《ざっしゅ》の牛も二十頭ほど買いこんだ。

「こんなにたくさんの牛の世話をするなんて……。」

一気に増《ふ》えた動物に、農場で働《はたら》いていた人はひどくとまどった。日本の農家は、土を耕《たがや》したり物を運んだりするために馬や牛を飼《か》ってはいたが、一度にたくさんの動物を飼《か》うことはこれまで経験《けいけん》がなかったのだ。しかも、これから牛たちに子どもを産《う》ませて、もっと増《ふ》やすという。

「牧草地《ぼくそうち》に草の生えている時期は、一日中牛を外で放し飼《が》いにするらしいぞ。それじゃあ、どこでふんをするかわからないじゃないか。」

「牛小屋で集めた牛ふんは、畑の肥料《ひりょう》にしているから、それはちょっと困《こま》るな。」

藤波《ふじなみ》は、そんな人たちの考えを変《か》えることから始めた。

「これから小岩井《こいわい》農場は畜産《ちくさん》が主体の農場に生まれ変《か》わるんです。動物の飼育《しいく》は、すぐに利益《りえき》が出るものではない。失敗《しっぱい》もあるかもしれない。それで損《そん》をしたからといって、畑仕事でおぎなおうとは考えないでください。それではいつまでたっても農場は変《か》わりません。牛には牧草《ぼくそう》を食べさせれば、大豆や麦などを、わざわざ買ってあたえる必要《ひつよう》がないのです。その方が安上がりでしょう? 小屋につながず、外で飼《か》った方が、牛たちも元気に育つんですよ。」

確《たし》かに、放された牛たちは、のびのびとして、おいしそうに草をはんでいる。農場の人々はとまどいながらも、藤波《ふじなみ》の考えにそって動物飼育《しいく》に慣《な》れていったのだ。

# うれしいお披露目《ひろめ》会

一九〇一(明治《めいじ》三十四)年、九月五日、小岩井《こいわい》農場に、にぎやかな声がひびいていた。今日は、ヨーロッパで買ってきた牛や羊のお披露目《ひろめ》の会。すでに春には届《とど》いていた動物たちだが、農場に藤波言忠《ふじなみことただ》がやってくるのに合わせて、お客さんにも見せようということになったのである。

「いやぁ、これはすばらしい牛ですね、藤波《ふじなみ》さん。」

「ええ。これは現地《げんち》の品評《ひんぴょう》会で賞《しょう》をとった牛なんです。こっちのホルスタインも賞《しょう》をとったことがある、血統《けっとう》のしっかりした牛なんですよ。」

「これはなんという牛ですか？　きれいな毛色ですね。私《わたし》は見たことがない。」

「ブラウンスイスという種類《しゅるい》の牛です。これまで日本には一頭もいなかった牛で、今回小岩井《こいわい》農場が初《はじ》めて輸入《ゆにゅう》したんですよ。きびしい山岳地帯《さんがくちたい》でも放牧《ほうぼく》ができて、環境《かんきょう》が変《か》わっても、すぐに慣《な》れてくれる、性格《せいかく》のおだやかな牛なんです。」

買いつけてきた新山《にいやま》も、うれしそうに牛の背《せ》をなでながら説明《せつめい》し、さらにこうすすめた。

「あちらに、この牛たちからしぼった乳《ちち》が用意してあります。ぜひ、飲み比《くら》べてみてください！」

ブラウンスイス種《しゅ》の牛乳《ぎゅうにゅう》を飲んだ客たちは、とてもおどろいた。

「なんと、こくておいしい味だ！」

「牛によって、こうも乳《ちち》の味がちがうとは、おどろきましたな！」

「ありがとうございます。このあと、バターづくりもお見せしますので、楽しみにしてください。試作《しさく》品もうまくいったので、そろそろ市販《しはん》しようと思っているバターです。」

「それはうれしい。小岩井《こいわい》のバターですな！」

藤波《ふじなみ》が農場の監督《かんとく》になってわずか三年で、小岩井《こいわい》農場の牛は約《やく》百頭にまで増《ふ》えていた。放牧《ほうぼく》地をおおう牧草《ぼくそう》は、夏の終わりの日差《ひざ》しに青々と輝《かがや》き、広い畑には大豆が育ち、えん麦《ばく》の種《たね》もまいたばかりだ。それは全て動物たちのえさになるという。そしてかなたには、動物や作物を風から守る立派《りっぱ》な防風林《ぼうふうりん》ができていた。

「とうもろこしがとれるようになったので、乾燥《かんそう》してたくわえておくとうもろこし小屋を新たにつくろうと思っているんです。バターをたくわえておく※室《むろ》も必要《ひつよう》ですね、藤波《ふじなみ》さん。」

新山《にいやま》の言葉に、藤波《ふじなみ》もうなずいた。

「室《むろ》か。小山をくりぬき、冬の氷をつめておけばできそうだな。それとサイロもほしいね。」

「サイロとはなんですか？」

客がたずねると、藤波《ふじなみ》は答えた。

「とうもろこしを刈《か》ってつめておき、発酵《はっこう》させる設備《せつび》です。牧草《ぼくそう》の枯《か》れた時期でも家畜《かちく》に食べさせることができるんですよ。塔《とう》のような形をしていて、ヨーロッパの牧場《ぼくじょう》ではよく見るのですが、まだ日本にはあまりないんです。」

「ほぉ！　今日は全くおどろいた。小岩井《こいわい》農場ほどの農場は、東北、いや、日本のどこにもありませんな！　わはははは。」

やがて一九〇六（明治《めいじ》三十九）年、藤波《ふじなみ》と新山《にいやま》は、国の仕事が忙《いそが》しくなり、やむをえず小岩《こいわ》井《い》農場をやめることになった。オーナーの岩崎久弥《いわさきひさや》が新たな農場長に選《えら》んだのは、自分の会社につとめる赤星陸治《あかほしりくじ》という若《わか》い男だ。

※室《むろ》　物を保存《ほぞん》するために、外気を防《ふせ》ぐようにつくった部屋。

「なぜ私《わたし》が選《えら》ばれたんだろう。小岩井《こいわい》なんて北国へ行かされて、牛や羊の世話をするなんて。」

赤星《あかほし》が学生時代に学んだのは法律《ほうりつ》で、農業の知識《ちしき》など全くなかったのだ。

しかし、農場で働《はたら》き出した赤星《あかほし》は、すぐに考えを改《あらた》めた。農場の働《はたら》き手の人たちが、動物たちを自分の子のようにいつくしんでいる様子を見たからだ。

冬のある晩《ばん》、牛の出産《しゅっさん》用の牛舎《ぎゅうしゃ》で、母牛が突然産気《とつぜんさんけ》づいた。それは予定よりもずいぶんはやい出産《しゅっさん》で、干《ほ》し草の上に産《う》み落とされた子牛はぬれた体を寒さにふるわせ、真っ白な息をはき続《つづ》けている。立ち上がることもできず、夜を越《こ》せるかわからない状況《じょうきょう》だった。

「大丈夫《だいじょうぶ》だよ、がんばれ、がんばれ！」

真夜中にもかかわらず出産《しゅっさん》に立ち会った飼育担当《しいくたんとう》の男とその妻《つま》は、必死《ひっし》にその子牛をはげました。そして奥《おく》さんは、死にそうな小さな子牛を当たり前のように胸《むね》にだき寄《よ》せ、自分の寝巻《ねまき》を開いて包《つつ》みこんだのだ。そうして一晩中《ひとばんじゅう》、あたため続《つづ》けた。

さわぎを聞きつけて牛舎《ぎゅうしゃ》へやってきた赤星《あかほし》は、その愛情《あいじょう》に涙《なみだ》が止まらなかった。動物を飼《か》うという仕事がどんなに尊《とうと》くやりがいのあるものなのかを、思い知ったのだ。

――それから百十年ものあいだ、小岩井《こいわい》農場はずっとこの私《わたし》のふもとにあり続《つづ》けている。荒《あ》れ地を農場にしようと決めた井上勝《いのうえまさる》は一九一〇（明治《めいじ》四十三）年、小野義真《おのぎしん》は一九〇五（明《めい》治《じ》三十八）年にこの世を去ったが、ふたりとも農場の行く末《すえ》をずっと気にかけていたそうだよ。農場を発展《はってん》させた岩崎久弥《いわさきひさや》は、土産《みやげ》を持ってはたびたび農場を訪《おとず》れ、時代が昭和《しょうわ》に入ると、農場の中に別荘《べっそう》を建《た》てて毎年夏には家族と二～三か月もすごしていたな。私《わたし》を見上げて、うれしそうにほほ笑《え》んでいた姿《すがた》を思い出すよ。

小岩井《こいわい》農場は今でも、土をつくり、牧草《ぼくそう》をつくり、森を育て、動物を育てている。そして、久弥《ひさや》が初《はじ》めて農場を訪《おとず》れた時に見た倉庫《そうこ》も、子牛が生まれた牛舎《ぎゅうしゃ》も、藤波《ふじなみ》たちが建《た》てたかったとうもろこし小屋やサイロ、天然冷蔵庫《てんねんれいぞうこ》までが、当時のままそこにあるんだ。

そのうちの二十一の建物《たてもの》は今、国の文化財《ざい》になった。そのほとんどを、農場の人々は、昔と同じように使っているんだよ。そこには、その手で荒《あ》れ地を切り開き、動物たちの命を守ってきたたくさんの人たちの記憶《きおく》が宿っているんだ――。

おもしろ雑学《ざつがく》 5

# 小岩井農場《こいわいのうじょう》の歴史的建造物群《れきしてきけんぞうぶつぐん》

今も使われている建物《たてもの》だよ！

四階倉庫《そうこ》

1916（大正《たいしょう》5）年に建設《けんせつ》。家畜《かちく》の飼料《しりょう》用穀物《こくもつ》を乾燥《かんそう》・貯蔵《ちょぞう》するための木造《もくぞう》4階建ての倉庫《そうこ》。現在《げんざい》は主に1階を倉庫《そうこ》として使用している。

玉蜀黍小屋《とうもろこしごや》

1929（昭和《しょうわ》4）年に建設《けんせつ》。牛の飼料《しりょう》となるとうもろこしの乾燥《かんそう》・貯蔵《ちょぞう》のための木造平屋建《もくぞうひらやだ》ての小屋。現在《げんざい》は木材《もくざい》乾燥《かんそう》用に使用している。

一号牛舎《ぎゅうしゃ》

1934（昭和《しょうわ》9）年に建設《けんせつ》。木造《もくぞう》2階建《だ》ての搾乳《さくにゅう》（乳《ちち》をしぼること）のための牛舎《ぎゅうしゃ》。1階では搾乳《さくにゅう》牛を飼《か》い、2階は乾牧草《かんぼくそう》の倉庫《そうこ》として現在《げんざい》も使用している。

おもしろ雑学《ざつがく》

# 農場に貢献した外国人ゆかりの建造物《けんぞうぶつ》

その功績をたたえて大切に保存《ほぞん》されているよ！

## グラバー邸《てい》（旧《きゅう》グラバー住宅《じゅうたく》）

グラバー邸《てい》は現存《げんぞん》する日本最古《さいこ》の木造《もくぞう》の洋館である。スコットランド出身の商人グラバーが自ら設《せっ》計《けい》している。正面にポーチがあり、大きな窓《まど》やベランダが特徴《とくちょう》のイギリス式のコロニアル様式と伝統的《でんとうてき》な日本の建築技術《けんちくぎじゅつ》が合わさった建《けん》造物《ぞうぶつ》だ。大浦天主堂《おおうらてんしゅどう》を建《た》てた天草《あまくさ》出身の大工、小山秀《こやまひいで》が建《た》てたといわれている。

グラバー邸《てい》。

## エドウィン・ダン記念館《きねんかん》

エドウィン・ダン記念館《きねんかん》は、北《ほっ》海道《かいどう》の畜産業《ちくさんぎょう》に貢献《こうけん》したダンの功《こう》績《せき》を残《のこ》すため、ダンが牧牛《ぼくぎゅう》場をつくった場所に建《た》てられている。牧《ぼく》牛《ぎゅう》場のあと、北海道庁種畜《ほっかいどうちょうしゅちく》場となり、一八八七（明治《めいじ》二十）年、種《しゅ》畜《ちく》場の事務所《じむしょ》として建《た》てられたものでエドウィン・ダン記念館《きねんかん》はその一部である。

エドウィン・ダン記念館《きねんかん》。

●執 筆 者　金田 妙　東京都在住で、様々な子ども向け書籍の執筆を手がける。『戦国武将かるた』（あかね書房）、『トムとリリのとけいえほん』（永岡書店）、「たべるのだいすき！　食育えほん」シリーズ（チャイルド本社）、「戦いで読む日本の歴史」シリーズ（教育画劇）などがある。

●イラスト　洵

●協　　力　北海道旅客鉄道株式会社、独立行政法人鉄道建設・運輸施設整備支援機構、朝日航洋株式会社、小岩井農牧株式会社

●写　　真　中央区まちかど展示館運営協議会事務局、金剛峯寺、北海道旅客鉄道株式会社、独立行政法人鉄道建設・運輸施設整備支援機構、朝日航洋株式会社、中尊寺、由布市教育委員会、小岩井農牧株式会社、ピクスタ

●参考文献　『札幌農学校』（「札幌農学校」復刻刊行会）、『クラーク先生とその弟子たち』（教文館）、『北の時計台 札幌農学校にかけた夢』（理論社）、『日本絵巻大成15 後三年合戦絵詞』（中央公論社）、『世界大百科事典』（平凡社）、『小岩井農場百年史』（小岩井農牧株式会社発行）、『青函トンネル物語』（青函トンネル物語編集委員会編）、『青函トンネル　夢と情熱の軌跡』（日本放送出版協会）、『青函トンネルから英仏海峡トンネルへ 地質・気質・文化の壁をこえて』（中央公論社）、『まぼろしの医学校 山形済生館医学寮のあゆみ』（高陽堂書店）、『済生館史』（山形市立病院済生館）

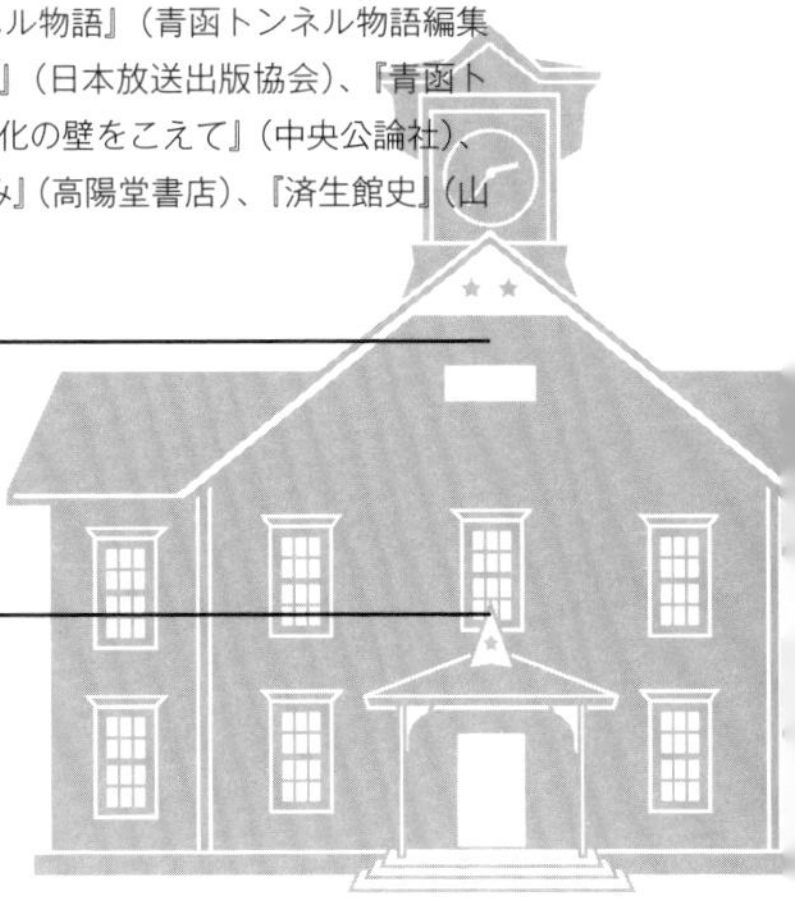

編集・制作　株式会社アルバ
デザイン・DTP　チャダル108、スパイス
校正・校閲　有限会社ペーパーハウス

**歴史と人物でたどる 日本の偉大な建造物!**
**ドラマチックストーリー　1 北海道・東北**

2018年4月 初版発行

発行者　升川秀雄
発行所　株式会社教育画劇
住所　〒151-0051　東京都渋谷区千駄ヶ谷5-17-15
電話　03-3341-3400（営業）
FAX　03-3341-8365
http://www.kyouikugageki.co.jp
印　刷　大日本印刷株式会社

NDC913・210・521/128P/22×16cm　ISBN978-4-7746-2128-9
（全5巻セット ISBN978-4-7746-3106-6）